Learn Spanish with Mystery Stories

Spanish A2 Reader

Brian Smith

Copyright 2024

Brian Smith

Spanish Graded Readers

For more books and E-book options visit:

www.briansmith.de

El Misterio del Hotel del Silencio

La llegada

Un pequeño hotel en un pueblo remoto gana popularidad inesperada. Viajeros de todas partes llegan buscando una escapada tranquila. El dueño del hotel, Señor Ramírez, parece amable y acogedor.

Una periodista local, Sofía, nota el aumento en la ocupación del hotel. Un día, Sofía decide pasar por el hotel para hacer un artículo sobre cómo los negocios están prosperando durante la pandemia.

—Hola, Señor Ramírez, soy Sofía, la periodista del periódico local. Estoy escribiendo sobre cómo los negocios del pueblo están durante la pandemia. ¿Puedo hacerle algunas preguntas?

—¡Hola, Sofía! Claro, pregúntame lo que quieras.

—He notado que su hotel ha estado muy ocupado últimamente. ¿Cuántos huéspedes están alojados aquí ahora?

—Ah, muchos huéspedes vienen a relajarse. Pero, perdón, ahora estoy muy ocupado. ¿Podemos hablar más tarde?

Sofía observa que los coches en el aparcamiento rara vez cambian y decide preguntar más:

—Entiendo que está ocupado. Solo una pregunta más, ¿los huéspedes están disfrutando de su estancia?

—Sí, todos están muy contentos. Ahora, disculpa, debo irme.

Sofía se despide, sintiendo que algo no está bien. Decide mantener el hotel bajo observación. Esa noche, investiga en internet y encuentra críticas positivas pero vagas. Ningún huésped menciona su salida del hotel en las redes sociales.

Al día siguiente, Sofía regresa al hotel, armada con una cámara y una grabadora para documentar su investigación.

—Buenos días, Señor Ramírez. Me gustaría hablar con algunos de los huéspedes para completar mi artículo. ¿Es posible?

—Lo siento, Sofía, pero nuestros huéspedes valoran mucho su privacidad. No puedo permitirlo.

Inquieta por la respuesta, Sofía decide investigar más a fondo:

—Entiendo la privacidad, Señor Ramírez. Pero algo no parece correcto aquí. Voy a averiguar qué está pasando.

- Acogedor - Cozy
- Alojados - Accommodated, staying
- Aparcamiento - Parking lot
- Aumento - Increase
- Averiguar - To find out, to investigate
- Despide - He/She says goodbye
- Escapada - Getaway
- Huéspedes - Guests
- Inesperada - Unexpected
- Investiga - He/She investigates
- Ocupación - Occupation, occupancy
- Periódico - Newspaper
- Preguntas - Questions
- Privacidad - Privacy
- Prosperando - Thriving
- Remoto - Remote
- Tranquila - Calm, quiet

Sospechas

Sofía comienza a entrevistar a los locales sobre el hotel y su dueño. Va a la plaza del pueblo para hablar con la gente.

—Hola, me llamo Sofía. Estoy investigando sobre el hotel. ¿Puedo hacerle unas preguntas?

—Claro, ¿qué quieres saber?

—He escuchado que el hotel tenía una mala fama hace años. ¿Es cierto?

—Sí, hace mucho tiempo, ese lugar tenía historias oscuras. Muchos no quieren hablar de eso.

Sofía sigue preguntando a más personas. Descubre que varios huéspedes antiguos nunca regresaron a sus hogares.

—¿Sabes algo de los huéspedes que desaparecieron hace años? —pregunta Sofía a otro local.

—Eso fue hace mucho tiempo. Pero sí, algunos nunca volvieron. Es un misterio.

Algunos locales evitan hablar del hotel; otros advierten a Sofía que tenga cuidado.

—Ten cuidado, joven. Ese hotel esconde secretos muy profundos.

Sofía encuentra viejos registros de periódicos con desapariciones sin resolver.

—Mira, aquí hay artículos sobre gente que desapareció en ese hotel y nunca se supo más de ellos.

Intenta hablar con empleados del hotel, pero están asustados. Una empleada anónima le confiesa que tiene miedo del sótano.

—No puedo decir mucho. Solo te digo que evites el sótano. Es un lugar malo, muy malo.

Decidida, Sofía planifica entrar al hotel de noche para evitar ser vista. Prepara equipo de espionaje, incluyendo una cámara pequeña. Una noche, se infiltra en el hotel y explora discretamente. Escucha ruidos extraños provenientes del sótano.

—¿Qué será ese ruido? —se pregunta, nerviosa.

Descubre una puerta oculta que conduce a un pasillo subterráneo. En el pasillo, encuentra objetos personales que parecen pertenecer a los huéspedes desaparecidos.

—Esto tiene que ser de los huéspedes. ¿Qué pasó aquí?

De repente, escucha pasos y se esconde rápidamente, logrando evitar ser descubierta. Finalmente, regresa a casa con más preguntas que respuestas.

—Necesito seguir investigando. Hay algo muy oscuro en este hotel.

- Advierten - Warn
- Anónima - Anonymous
- Asustados - Frightened
- Desapariciones - Disappearances
- Desaparecieron - They disappeared
- Empleados - Employees
- Espionaje - Espionage
- Evitar - To avoid
- Fama - Fame, reputation
- Historias - Stories
- Huéspedes - Guests
- Infiltra - Infiltrates
- Locales - Locals
- Misterio - Mystery
- Pasillo - Hallway
- Registros - Records
- Sospechas - Suspicions

Descubrimientos

Sofía revisa las grabaciones de su cámara en casa y nota símbolos extraños en el pasillo del hotel.

—¿Qué son estos símbolos? —se pregunta Sofía.

Decide investigar los símbolos y descubre que están relacionados con cultos antiguos. Busca información en libros y en internet.

—Estos símbolos son muy antiguos y pueden estar relacionados con rituales oscuros —piensa Sofía.

Ella decide profundizar en la historia del edificio y sus propietarios anteriores. Descubre que el hotel fue construido sobre las ruinas de un templo antiguo.

—¡Esto es increíble! El hotel está construido sobre un templo antiguo.

Aprende sobre leyendas locales de rituales y sacrificios en el templo. Decide contactar a un experto en cultos para entender mejor los símbolos.

—Hola, soy Sofía. Estoy investigando unos símbolos en un hotel antiguo. ¿Puede ayudarme?

—Claro, Sofía. Envíame las imágenes de los símbolos y te diré lo que sé.

El experto confirma sus sospechas sobre rituales oscuros.

—Sofía, estos símbolos están relacionados con cultos muy antiguos que realizaban sacrificios. Ten mucho cuidado.

Sofía decide enfrentar al Señor Ramírez con su descubrimiento. Cuando llega al hotel, encuentra a la policía en la escena.

—¿Qué pasa aquí? —pregunta Sofía.

—Un huésped intentó escapar del hotel y lo encontramos gravemente herido —explica un policía.

La policía comienza una investigación, pero el Señor Ramírez tiene una coartada sólida.

—No estaba aquí cuando pasó esto. Estaba con mi familia —dice el Señor Ramírez.

Sofía proporciona a la policía las evidencias que recopiló.

—Tomen, encontré estos símbolos en el hotel y están relacionados con cultos antiguos.

Es advertida por la policía para que se mantenga al margen.

—Gracias, Sofía, pero es mejor que dejes esto en manos de la policía —le dice el oficial.

Decide seguir investigando por su cuenta, a pesar de las advertencias.

—Necesito saber la verdad. Algo muy malo está pasando aquí.

Recibe amenazas anónimas pidiéndole que deje de investigar.

—Deja de buscar o te pasará algo malo —dice una voz anónima en una llamada.

—No me detendré —responde Sofía con determinación.

- Advertida - Warned
- Amenazas - Threats
- Antiguos - Ancient
- Coartada - Alibi
- Construido - Built
- Cultos - Cults
- Determinación - Determination
- Evidencias - Evidence
- Gravemente - Seriously (as in seriously injured)
- Herido - Injured
- Investigando - Investigating
- Leyendas - Legends
- Profundizar - To delve into, to go deeper
- Realizaban - They performed (as in rituals)
- Relacionados - Related
- Rituales - Rituals
- Sacrificios - Sacrifices

Confrontación

Ignorando las amenazas, Sofía sigue juntando más pruebas. Busca en archivos y habla con gente del pueblo.

—Necesito encontrar un patrón en estas desapariciones —dice Sofía mientras revisa sus notas.

Descubre un patrón en las desapariciones relacionado con fechas específicas. Las fechas coinciden con fases lunares y eventos astronómicos.

—Es interesante, todas estas desapariciones ocurren durante eventos lunares importantes —murmura Sofía.

Sofía planea exponer todo en un artículo detallado para el periódico local. Comienza a escribir y organizar la información.

Intenta entrevistar a familiares de los desaparecidos, pero muchos tienen miedo.

—Lo siento, pero no quiero hablar. Es muy peligroso —dice un familiar.

Un familiar le da un diario encontrado entre las pertenencias de un desaparecido.

—Encontré esto entre sus cosas. Quizás te sirva.

El diario describe experiencias extrañas y aterradoras en el hotel.

—Esto confirma mis sospechas. Algo terrible pasa en ese hotel —dice Sofía leyendo el diario.

Sofía decide confrontar a Ramírez durante uno de estos eventos astronómicos. Se infiltra en el hotel durante un evento, escondida entre los huéspedes.

—Nadie debe verme aquí —susurra mientras se esconde detrás de un grupo de gente.

Descubre una ceremonia en el sótano con Ramírez como líder.

—¿Qué está pasando aquí? —piensa Sofía, asombrada.

Intenta grabar la ceremonia, pero es descubierta.

—¿Quién eres tú? ¿Qué haces aquí? —grita Ramírez.

Ramírez la captura y revela sus planes y creencias.

—Estás metiéndote en cosas que no comprendes. Esto es más grande que tú —dice Ramírez seriamente.

Sofía es encerrada en una habitación del sótano.

—Tienes que quedarte aquí. No puedes detenernos —dice uno de los seguidores de Ramírez al cerrar la puerta.

Ella planea su escape sabiendo que su vida está en peligro.

—Tengo que salir de aquí —piensa, buscando algo con qué abrir la puerta.

Logra enviar un mensaje de auxilio antes de que le confisquen sus pertenencias.

—Ayuda, estoy en el sótano del hotel. Por favor, rápido —envía el mensaje desde su teléfono.

Sofía espera, esperando que alguien reciba su mensaje y venga a rescatarla.

- Asombrada - Amazed
- Astronómicos - Astronomical
- Ceremonia - Ceremony
- Comprende - Understand (formal or polite)
- Confiscar - To confiscate
- Confrontar - To confront
- Desapariciones - Disappearances
- Diario - Diary
- Encerrada - Locked up (feminine)
- Entrevistar - To interview
- Escapar - To escape
- Evento - Event
- Exponer - To expose
- Fechas - Dates
- Lunares - Lunar
- Patrón - Pattern
- Seguidores - Followers

Escape

Encerrada, Sofía reflexiona sobre su investigación y posibles salidas.

—Tengo que encontrar una manera de salir de aquí —piensa mientras mira alrededor buscando algo útil.

Escucha a otros prisioneros en habitaciones cercanas.

—¿Hay alguien ahí? —susurra Sofía.

—Sí, estamos aquí. Ayúdanos, por favor —responden desde otra habitación.

Utiliza herramientas improvisadas para intentar abrir la puerta. Encuentra un trozo de metal desprendido y lo usa como palanca.

—Esto puede funcionar —dice mientras forcejea con la cerradura.

Finalmente, logra escapar de la habitación. Abre la puerta con el metal y sale.

—Lo logré. Ahora, a ayudar a los demás.

Ayuda a otros prisioneros a liberarse y planean salir juntos del hotel.

—Vamos, tenemos que movernos rápido y encontrar la salida —instruye Sofía.

Descubren que el hotel tiene múltiples salidas secretas.

—Aquí hay una puerta. Parece una salida —dice uno de los liberados.

Mientras escapan, encuentran pruebas adicionales de las actividades del culto.

—Mira, aquí hay documentos y fotos del culto —señala otro prisionero.

Logran salir del hotel y se esconden en el bosque cercano.

—Estamos fuera, pero tenemos que alejarnos más —sugiere Sofía.

Contactan a la policía con sus teléfonos móviles.

—Hola, policía. Estamos en el bosque cerca del hotel. Necesitamos ayuda —dice Sofía con urgencia.

La policía llega, pero Ramírez y sus seguidores han desaparecido.

—Llegaron tarde. Ramírez se fue —informa Sofía a los policías.

El hotel es investigado y se encuentran más pruebas incriminatorias.

—Buen trabajo, encontramos más evidencia gracias a ustedes —dice el oficial.

Sofía y los otros testigos son llevados a la comisaría para declarar.

—Necesitamos toda la información que puedan darnos —explica el detective.

Después del interrogatorio, Sofía se siente aliviada pero aún preocupada.

—Estoy feliz de estar libre, pero ¿y si Ramírez regresa? —piensa en voz alta.

La historia se hace pública, causando conmoción y miedo.

—No puedo creer lo que pasaba en ese hotel —comenta alguien en la calle.

Sin embargo, Ramírez sigue en libertad, y el peligro persiste.

—Tenemos que encontrarlo. No está seguro mientras esté libre —concluye Sofía, decidida a seguir buscando justicia.

- Alejarnos - To move away, to distance ourselves
- Comisaría - Police station
- Conmoción - Shock, upheaval
- Desprendido - Detached, dislodged
- Encuentran - They find
- Evidencia - Evidence
- Forcejea - Struggles
- Incriminatorias - Incriminating
- Interrogatorio - Interrogation
- Investigado - Investigated
- Liberados - Freed, released
- Liberarse - To free oneself
- Metal - Metal

- Palanca - Lever
- Prisioneros - Prisoners
- Salidas - Exits, ways out
- Urgencia - Urgency

Revelaciones y final amargo

Sofía es aclamada como heroína por descubrir el culto. La gente en el pueblo la felicita.

—Sofía, eres nuestra heroína. Gracias por tu valentía —le dice una mujer en la calle.

Continúa trabajando con la policía para localizar a Ramírez.

—Tenemos que encontrar a Ramírez. Es importante —dice Sofía en la comisaría.

La comunidad del pueblo está en alerta, temiendo el regreso de Ramírez.

—Todos estamos preocupados. Debe estar muy lejos ahora —comenta un vecino nervioso.

Sofía recibe reconocimientos por su valentía y persistencia.

—Este premio es por tu increíble coraje y esfuerzo. Felicidades, Sofía —anuncia el alcalde en una ceremonia.

Decide escribir un libro detallando sus experiencias.

—Voy a escribir todo. El mundo necesita saber lo que pasó —piensa Sofía mientras toma notas.

Durante la investigación para el libro, descubre más conexiones del culto en otros lugares.

—Esto es más grande de lo que pensé. El culto tiene conexiones en otros pueblos —dice alarmada.

Se da cuenta de que la red es más grande y más peligrosa de lo que pensaba.

—Tengo que tener cuidado. Esto es muy peligroso —murmura preocupada.

Recibe una llamada anónima advirtiéndola que deje de investigar.

—Debes parar tu investigación. Es un aviso —dice una voz misteriosa.

Ignorando las amenazas, publica su libro, que se convierte en un éxito.

—Mi libro es un éxito. Estoy feliz, pero tengo miedo —comenta Sofía a un amigo.

El éxito trae más atención, pero también más peligro.

—Sofía, ten cuidado. Hay gente que no quiere que esto se sepa —advierte su editor.

Una noche, su casa es vandalizada con símbolos del culto.

—¿Quién hizo esto? Estos símbolos... son una amenaza —dice Sofía, asustada.

Aunque asustada, Sofía se niega a dejar la investigación.

—No puedo parar ahora. Tengo que seguir —afirma con determinación.

La última pista la lleva a un encuentro directo con Ramírez.

—¿Por qué estás haciendo esto? —pregunta Sofía a Ramírez en un lugar oscuro.

En un enfrentamiento final, Ramírez revela que no se detendrá.

—Nunca entenderás. Esto no terminará conmigo —dice Ramírez con una sonrisa siniestra.

El libro termina con Sofía desapareciendo misteriosamente, dejando la historia sin resolver.

—¿Qué le pasó a Sofía? —se pregunta la gente del pueblo. Nadie sabe dónde está.

Este capítulo cierra la historia con un final abierto, dejando a los lectores preguntándose sobre el destino de Sofía y el alcance del misterioso culto.

- Advirtiéndola - Warning her
- Alcance - Reach, extent
- Amenaza - Threat
- Ceremonia - Ceremony
- Conexiones - Connections
- Coraje - Courage
- Desapareciendo - Disappearing
- Encuentro - Encounter
- Investigación - Investigation
- Localizar - To locate
- Misteriosa - Mysterious
- Persistencia - Persistence
- Pueblo - Town, village
- Reconocimientos - Recognitions, acknowledgements
- Siniestra - Sinister
- Vandalizada - Vandalized
- Valentía - Bravery

Los Secretos del Sarcófago Veneciano

El descubrimiento inicial

Elena, una joven arqueóloga, llega a Venecia para estudiar artefactos antiguos.

—Voy a encontrar algo grande aquí —piensa Elena con emoción.

Ella tiene mucho interés en la historia de Alejandro Magno y su conexión con Venecia.

—Alejandro Magno en Venecia... esto es fascinante —dice Elena mientras lee en la biblioteca.

En la biblioteca, encuentra documentos antiguos que mencionan el saqueo de la tumba de Alejandro en Alejandría.

—¿La tumba fue saqueada? Esto explica muchas cosas —comenta Elena, sorprendida.

Descubre que la tumba fue destruida por una turba cristiana en el siglo VI.

—No puedo creer que su tumba fue destruida de esta manera —Elena se siente triste por el destino de la tumba.

Luego, descubre una carta que sugiere que los restos fueron trasladados secretamente a Venecia.

—¿Los restos están en Venecia? Necesito investigar esto —decide Elena.

Decide investigar más sobre la conexión de la Basílica de San Marcos con Alejandro Magno.

—La Basílica de San Marcos... ¡ahí debería empezar! —Elena se prepara para la visita.

Visita la Basílica de San Marcos en busca de pistas.

—Estos mosaicos... parecen de Alejandría —observa Elena, tomando notas.

Encuentra símbolos que coinciden con los de la antigua Alejandría en los mosaicos de la basílica.

—Estos símbolos son una conexión directa con Alejandría —Elena le muestra a un guía.

Conoce a Marco, un experto en historia veneciana, quien se interesa en su búsqueda.

—Hola, soy Marco. ¿Buscas los símbolos de Alejandría? —pregunta Marco, curioso.

—Sí, estoy investigando la conexión entre Alejandro y Venecia —responde Elena.

Marco le cuenta leyendas locales sobre tesoros ocultos vinculados a Alejandro Magno.

—Hay muchas historias sobre tesoros escondidos aquí —dice Marco, entusiasmado.

Elena decide buscar registros más detallados en los archivos de Venecia.

—Necesitamos ir a los archivos. Pueden tener más información —sugiere Marco.

Encuentra referencias a una expedición secreta veneciana que trajo algo grande desde Egipto.

—¿Una expedición secreta? Esto se pone interesante —Elena está intrigada.

Marco sugiere que podrían explorar las catacumbas antiguas bajo Venecia.

—Bajo Venecia hay catacumbas antiguas. Podemos buscar allí —propone Marco.

Preparan equipo y mapas antiguos para su exploración.

—Tenemos todo. Mañana entramos a las catacumbas —confirma Marco.

Terminan el día planeando su ruta a través de las catacumbas venecianas.

—Es un buen plan. Estoy lista para mañana —dice Elena, llena de anticipación.

- Antiguos - Ancient
- Basílica - Basilica
- Catacumbas - Catacombs
- Conexión - Connection
- Destruída - Destroyed
- Entusiasmado - Excited
- Escondidos - Hidden
- Expedición - Expedition
- Mosaicos - Mosaics
- Restos - Remains
- Saqueo - Looting
- Símbolos - Symbols
- Sorprendida - Surprised
- Tesoros - Treasures
- Trasladados - Transferred
- Turba - Mob
- Veneciana - Venetian

En las sombras de Venecia

Elena y Marco entran en las catacumbas con linternas y cámaras.

—Es muy oscuro aquí —dice Elena ajustando su linterna.

—Sí, pero mira estas paredes —responde Marco señalando las inscripciones.

Descubren inscripciones en las paredes que datan de la época bizantina.

—Estas inscripciones son muy antiguas, de la época bizantina —comenta Marco.

Encuentran un medallón con inscripciones griegas y símbolos relacionados con Alejandro.

—Mira este medallón, tiene inscripciones griegas y símbolos de Alejandro —dice Elena emocionada.

Escuchan pasos detrás de ellos, pero al mirar no ven a nadie.

—¿Escuchaste eso? —pregunta Elena, nerviosa.

—Sí, alguien más debe estar aquí —susurra Marco.

Encuentran un pasaje secreto detrás de una pared derrumbada.

—Aquí hay un pasaje secreto —dice Marco, empujando la pared.

El pasaje lleva a una cámara oculta con artefactos del siglo VI.

—Increíble, esta cámara está llena de artefactos antiguos —observa Elena explorando.

Descubren un cofre que contiene monedas de oro de la era de Alejandro Magno.

—¡Monedas de oro de la época de Alejandro! Esto es un tesoro —exclama Marco.

Oyen voces y deciden esconderse, escuchando a un grupo hablar sobre proteger un secreto antiguo.

—Shh, escucha. Están hablando de proteger un secreto —dice Elena mientras se esconden.

El grupo menciona un "guardián" que vigila el "último descanso de Alejandro".

—Hablan de un guardián y el último descanso de Alejandro —susurra Marco.

Elena y Marco toman fotos de los artefactos y el lugar.

—Rápido, toma fotos de todo antes de que vuelvan —instruye Elena.

Salen de las catacumbas después de que el grupo se va.

—Vámonos antes de que regresen —dice Marco mirando hacia atrás.

Elena analiza las fotos y decide investigar quiénes son esos hombres.

—Necesito averiguar quiénes son estos hombres —dice Elena mirando las fotos.

Marco y Elena deciden mantener en secreto sus descubrimientos hasta entender más.

—Mantengamos esto en secreto hasta saber más —acuerda Marco.

Elena encuentra un libro en la biblioteca sobre sectas antiguas que protegían secretos históricos.

—Este libro puede tener respuestas sobre la secta que protege estos secretos —comenta Elena.

Terminan el día preocupados pero emocionados por lo que podrían descubrir.

—Hoy fue un día increíble, pero peligroso. Mañana seguimos investigando —dice Marco con una mezcla de preocupación y emoción.

- Bizantina - Byzantine
- Cámara - Chamber
- Cofre - Chest
- Descanso - Rest, as in final resting place
- Derrumbada - Collapsed
- Emocionada - Excited (feminine)
- Esconderse - To hide
- Guardián - Guardian
- Inscripciones - Inscriptions
- Linterna - Flashlight
- Medallón - Medallion
- Monedas - Coins
- Oculto - Hidden
- Pasaje - Passage
- Proteger - To protect
- Secta - Sect, cult
- Tesoro - Treasure

Secretos desenterrados

Elena investiga sobre el "guardián" en archivos históricos.

—Marco, encontré información sobre el "guardián" en estos archivos —dice Elena, emocionada.

Descubre que es parte de una orden secreta que protege los restos de personajes históricos.

—¡Interesante! Parece que es parte de una orden secreta —exclama Marco, sorprendido.

Elena y Marco deciden volver a las catacumbas para buscar más pistas.

—¿Crees que encontraremos más pistas en las catacumbas? —pregunta Marco con entusiasmo.

—Es posible. No perdemos nada con intentarlo —responde Elena, decidida.

Encuentran un segundo cofre con reliquias y documentos antiguos.

—¡Otro cofre! Esto es emocionante —exclama Marco mientras lo abren.

Uno de los documentos es un mapa que sugiere otro lugar en Venecia donde podría estar el verdadero sepulcro.

—Este mapa señala otro lugar en Venecia. Deberíamos ir allí —sugiere Elena, señalando el mapa.

Elena y Marco planifican una visita a este nuevo lugar señalado en el mapa.

—Vamos a esa iglesia que menciona el mapa —decide Marco con determinación.

Llegan a una antigua iglesia mencionada en el mapa.

—Aquí estamos. ¿Dónde estará la entrada secreta? —se pregunta Elena, mirando a su alrededor.

Encuentran una entrada secreta en el suelo de la iglesia.

—¡Aquí está la entrada secreta! Vamos adentro —dice Marco, emocionado.

Bajan y descubren una cripta con un sarcófago que tiene inscripciones de Alejandro.

—¡Es el sarcófago de Alejandro! —exclama Elena, impresionada.

Tomando fotos y notas, escuchan a alguien acercándose.

—¡Apaga la linterna, alguien viene! —susurra Marco, alarmado.

Se esconden y observan a un hombre realizar un ritual ante el sarcófago.

—¿Qué está haciendo aquí? —susurra Elena, intrigada.

El hombre habla solo, mencionando que pronto moverán los restos a un lugar más seguro.

—Debemos actuar rápido antes de que se los lleven —susurra Marco con determinación.

Elena y Marco deciden actuar rápidamente antes de que los restos sean trasladados.

—Preparémonos para proteger el sepulcro —ordena Elena con determinación.

La noche termina con una decisión de enfrentar al hombre y su orden.

—Mañana confrontaremos a ese hombre y su orden —dice Marco con resolución.

- Acercándose - Approaching
- Actuar - To act
- Alarmado - Alarmed
- Cripta - Crypt
- Decidida - Determined (feminine)
- Entrada - Entrance

- Impresionada - Impressed (feminine)
- Linterna - Flashlight
- Orden - Order (as in a secret society)
- Perdemos - We lose
- Protege - Protects
- Reliquias - Relics
- Resolución - Resolution, resolve
- Ritual - Ritual
- Sarcófago - Sarcophagus
- Sepulcro - Tomb
- Trasladados - Moved (plural)

La confrontación

Elena y Marco confrontan al hombre en la iglesia.

—¿Qué estás haciendo aquí? ¿Quién eres? —pregunta Elena con firmeza.

Se revela como miembro de la orden secreta y explica su deber de proteger la historia.

—Soy miembro de una orden antigua. Nuestro deber es proteger secretos históricos —responde el hombre misterioso.

Elena argumenta sobre la importancia de revelar la verdad histórica.

—Pero la gente tiene derecho a saber la verdad —insiste Elena con convicción.

El hombre accede a mostrarles documentos antiguos que explican la historia completa.

—Está bien, les mostraré los documentos. Pero prométanme que no revelarán todo —suplica el hombre.

Los documentos revelan que los restos de Alejandro fueron movidos durante la guerra para protegerlos.

—¡Increíble! Los restos de Alejandro fueron trasladados durante la guerra —exclama Marco emocionado.

La orden había mantenido el secreto para evitar la explotación comercial de los restos.

—Entiendo por qué mantuvieron el secreto. Fue para proteger la historia —reflexiona Elena.

Elena y Marco acuerdan ayudar a proteger el secreto a cambio de estudiar los documentos.

—Estamos de acuerdo. Ayudaremos a proteger el secreto —afirma Marco con seriedad.

Regresan a la cripta para tomar medidas de protección adicionales.

—Instalemos cámaras y alarmas para mantener seguro el sepulcro —propone Elena.

El hombre les cuenta más sobre la historia de la orden y sus miembros a lo largo de los siglos.

—Es fascinante conocer más sobre su orden y su historia —admite Marco impresionado.

Elena decide escribir un artículo sobre la importancia de proteger la historia, sin revelar la ubicación de los restos.

—Voy a escribir un artículo para concienciar sobre la importancia de proteger la historia —anuncia Elena con determinación.

Marco y Elena presentan su investigación en una conferencia de arqueología, ganando reconocimiento.

—¡Qué emocionante! Nuestra investigación está siendo reconocida —celebra Marco con alegría.

El artículo de Elena es publicado, provocando discusión sobre la ética en arqueología.

—Nuestro artículo está generando un debate importante —comenta Elena satisfecha.

Reciben una invitación para unirse a un proyecto internacional para estudiar otros sitios históricos.

—¡Una invitación para un proyecto internacional! Esto es emocionante —exclama Marco emocionado.

La historia cierra con Elena y Marco preparándose para su próximo gran proyecto, manteniendo el secreto de Alejandro seguro.

—Estoy emocionada por nuestro próximo proyecto. Y estamos cumpliendo nuestra promesa de proteger la historia —concluye Elena con una sonrisa.

* Accede - Agrees
* Antiguos - Ancient
* Cámaras - Cameras
* Comercial - Commercial
* Concienciar - To raise awareness
* Convicción - Conviction
* Debate - Debate
* Derecho - Right (as in entitlement)
* Emocionante - Exciting
* Explican - Explain (plural)
* Firmeza - Firmness
* Generando - Generating
* Impresionado - Impressed
* Protección - Protection
* Revelar - To reveal
* Suplica - He pleads
* Ubicación - Location

Legado preservado

Elena y Marco viajan alrededor del mundo, investigando otros misterios históricos.

—Marco, ¿adónde iremos ahora? —pregunta Elena, emocionada.

—Tenemos tantos lugares por descubrir. ¡Vamos a explorar! —responde Marco, entusiasmado.

Continúan colaborando con la orden secreta para proteger otros secretos.

—Es importante preservar nuestra historia para las generaciones futuras —comenta Elena con convicción.

Elena publica un libro sobre sus aventuras y descubrimientos.

—¡Mi libro está listo para ser publicado! Espero que inspire a otros a explorar —dice Elena, emocionada.

El libro se convierte en un bestseller y inspira a futuros arqueólogos.

—¡Elena, tu libro es un éxito! Estamos inspirando a una nueva generación de arqueólogos —celebra Marco.

Marco se convierte en un experto en protección de sitios históricos.

—Tenemos la responsabilidad de proteger estos tesoros para las generaciones venideras —afirma Marco con seriedad.

Vuelven a Venecia cada año en el aniversario de su descubrimiento.

—Venecia siempre será nuestro hogar y nuestro punto de partida —dice Elena, nostálgica.

La orden les confía más responsabilidades y secretos.

—La orden nos ha dado nuevas responsabilidades. Debemos estar a la altura de su confianza —expresa Marco.

Elena y Marco establecen un fondo para la conservación de sitios históricos.

—Es nuestra forma de devolverle algo al mundo por todo lo que nos ha dado —explica Elena.

Reciben premios por su contribución a la arqueología y la historia.

—¡Qué honor recibir este premio por nuestra labor! —exclama Marco, emocionado.

Imparten conferencias en universidades, compartiendo sus experiencias y enseñanzas.

—Espero que nuestras experiencias inspiren a otros a seguir su pasión por la historia —dice Elena durante una conferencia.

Colaboran en documentales sobre historia y arqueología.

—¡Miren, somos famosos en la televisión! —bromea Marco mientras ven su documental.

Influyen en políticas globales sobre la protección de tesoros históricos.

—Es un gran logro poder influir en políticas para proteger nuestro legado histórico —reflexiona Elena.

Mantienen contacto con la comunidad local en Venecia, quienes los respetan profundamente.

—La comunidad de Venecia siempre será nuestra familia —dice Marco con cariño.

Descubren indicaciones de otros lugares históricos aún no explorados.

—¡Elena, tenemos otro lugar por descubrir! —exclama Marco emocionado al encontrar nuevas pistas.

La historia termina con ellos preparándose para una nueva aventura, con la promesa de continuar protegiendo la historia.

—Nuestra misión no ha terminado. ¡Vamos por más aventuras! —dice Elena, emocionada.

- Aventuras - Adventures
- Colaborando - Collaborating
- Confianza - Trust
- Conservación - Conservation
- Contribución - Contribution

- Descubrimientos - Discoveries
- Devolverle - To give back
- Emocionada - Excited (feminine)
- Enseñanzas - Teachings
- Establecen - They establish
- Explorar - To explore
- Futuras - Future (feminine plural)
- Influyen - They influence
- Nostálgica - Nostalgic (feminine)
- Preservar - To preserve
- Venideras - Coming, future

El Secreto Oscuro de los Templarios

La llegada

Un grupo de arqueólogos españoles llega al castillo en Siria. El líder del equipo, el Dr. Alonso, está muy emocionado.

—Aquí, en este lugar antiguo, los templarios guardaron secretos hace muchos años —dice Alonso a su equipo mientras señala las ruinas.

Los arqueólogos miran el castillo con interés. Caminan alrededor y describen lo que ven.

—Mira esas torres —dice Marta, una arqueóloga—. Aún después de tantos años, se ven fuertes.

—Sí, y mira estos símbolos en las piedras —añade Javier, otro arqueólogo, señalando las marcas templarias.

Montan su campamento cerca de las ruinas. Todos trabajan juntos, poniendo tiendas y preparando el equipo.

—¿Qué crees que encontraremos aquí? —pregunta Luis, el joven del grupo.

—Espero encontrar artefactos o algo más sobre la vida de los templarios —responde Alonso con una sonrisa.

Esa noche, mientras todos están en sus tiendas, escuchan ruidos extraños.

—¿Escuchaste eso? —pregunta Marta, nerviosa.

—Sí, son solo animales, espero —responde Luis tratando de parecer calmado.

Al día siguiente, comienzan a excavar cuidadosamente. Alonso es el primero en notar algo inusual.

—¡Aquí hay algo! —exclama, señalando hacia un área debajo de una torre derrumbada.

Con cuidado, descubren un pasadizo oculto.

—Mañana exploraremos esto. Podría llevarnos a algo grande —dice Alonso, sin poder esconder su entusiasmo.

Esa noche, durante la cena, hablan sobre sus teorías y expectativas.

—¿Y si hay tesoros escondidos? —sugiere Javier con los ojos brillantes.

—O quizás documentos antiguos —añade Marta.

Mientras hablan, un extraño los observa desde lejos. No se dan cuenta de su presencia. Solo están emocionados y llenos de expectativas por lo que vendrá mañana.

Esa noche, una sombra se mueve silenciosamente entre las tiendas. Algo o alguien está acechando en la oscuridad.

- Acechando - Stalking
- Arqueólogos - Archaeologists
- Campamento - Camp
- Cuidadosamente - Carefully
- Derrumbada - Collapsed
- Entusiasmo - Enthusiasm
- Escuchaste - Did you hear
- Excavar - To excavate
- Expectativas - Expectations
- Fuertes - Strong
- Maravillado - Marveled
- Pasadizo - Passage
- Ruinas - Ruins
- Símbolos - Symbols
- Sombras - Shadows
- Tesoros - Treasures
- Torres - Towers

El pasadizo secreto

Es temprano y el equipo de arqueólogos desayuna juntos antes de su gran exploración.

—Hoy puede ser un gran día —dice Alonso mientras toma su café.

—Sí, tengo muchas ganas de ver qué hay allí abajo —responde Marta con una sonrisa.

Equipados con linternas y herramientas, caminan hacia el pasadizo secreto. La entrada es estrecha y oscura.

—Vamos con cuidado —advierte Javier, encendiendo su linterna.

Dentro del túnel, el aire es frío y húmedo. Las paredes están cubiertas de murales antiguos.

—Mira esto, son batallas y rituales templarios —señala Luis, iluminando un mural.

—Es impresionante cómo han conservado los colores —observa Marta, admirada.

Continúan avanzando y encuentran objetos dispersos por el suelo.

—Estos deben ser artefactos antiguos —dice Alonso, recogiendo una pieza metálica.

El eco de sus pasos resuena en el pasadizo. De repente, escuchan otros sonidos.

—¿Oíste eso? Parecen pasos —susurra Javier, deteniéndose.

—Es solo el eco, espero —responde Alonso, aunque suena inseguro.

Siguen adelante y Alonso descubre un cofre de madera. Lo abren con emoción, pero está vacío.

—Qué lástima, esperaba encontrar algo aquí —dice Luis, decepcionado.

La tensión aumenta cuando notan que una sección del túnel parece haber sido alterada recientemente.

—Alguien estuvo aquí antes que nosotros —murmura Marta, nerviosa.

Encuentran inscripciones en latín en una de las paredes.

—Dice algo sobre un "secreto oscuro" —traduce Alonso, examinando las palabras.

Todos sienten una extraña presencia, como si alguien los observara desde las sombras.

—No estamos solos aquí —dice Javier, mirando hacia atrás.

De repente, un pequeño derrumbe bloquea la entrada por la que vinieron.

—¡Rápido, por aquí! —grita Alonso, guiándolos hacia otra ruta.

Después de horas de esfuerzo, logran salir del túnel.

—Esto fue más peligroso de lo que pensé —dice Marta, respirando aliviada.

Al volver al campamento, notan que algunas cosas no están como las dejaron.

—Alguien revisó nuestras cosas —observa Luis, preocupado.

—Necesitamos más seguridad. Vamos a instalar cámaras de seguridad alrededor del campamento —decide Alonso.

Todos están de acuerdo y comienzan a trabajar en ello, sintiendo la gravedad de lo que podrían estar enfrentando.

- Advierte - Warns
- Artefactos - Artifacts
- Cofre - Chest
- Conservado - Preserved
- Decepcionado - Disappointed
- Derrumbe - Collapse
- Estrecha - Narrow (feminine form)
- Húmedo - Humid
- Iluminando - Illuminating
- Impresionante - Impressive
- Inseguro - Insecure, unsure

- Murales - Murals
- Observara - Was watching (subjunctive mood)
- Parecen - They seem
- Pasadizo - Passage
- Respirando - Breathing
- Seguridad - Security

La sociedad secreta

Una noche, una figura misteriosa observa las grabaciones de las nuevas cámaras de seguridad. Desde la oscuridad, sus ojos no pierden detalle de lo que el equipo hace.

Al día siguiente, un hombre llega al campamento. Se presenta como un historiador local interesado en el proyecto.

—Buenos días, me llamo Carlos. He oído de su trabajo y me gustaría ver sus descubrimientos —dice el hombre con una sonrisa.

—Hola, Carlos. Claro, puedes ver lo que hemos encontrado, pero somos muy cuidadosos con nuestra investigación —responde Alonso, algo desconfiado.

Carlos muestra mucho interés en los artefactos y las inscripciones que han descubierto.

—Estos son realmente fascinantes. ¿Han encontrado algo relacionado con los secretos templarios? —pregunta con curiosidad.

Alonso intercambia miradas con Marta y Javier.

—Bueno, estamos en proceso. Es pronto para decir —responde Alonso evasivamente.

Después de la visita, Alonso decide investigar más sobre Carlos. Pronto descubren algo alarmante.

—Este hombre no es un historiador. He hablado con la universidad y no lo conocen —dice Alonso a su equipo.

—Entonces, ¿quién es? —pregunta Luis, preocupado.

—Puede ser parte de una sociedad secreta. He leído sobre grupos que buscan secretos antiguos para su propio beneficio —explica Marta.

El equipo decide ser aún más cauteloso con la información que comparten. Mientras tanto, siguen excavando y encuentran más inscripciones sobre una maldición.

—Esto se pone cada vez más serio —comenta Javier, leyendo las palabras en latín.

La tensión aumenta y una noche, algo más sucede. Luis desaparece misteriosamente.

—Luis no está en su tienda. ¡No está en ninguna parte! —exclama Marta, alarmada.

Buscan por todo el campamento y las ruinas, pero no hay rastro de él.

—Tenemos que llamar a las autoridades —decide Alonso, preocupado.

Contactan a las autoridades locales y reportan la desaparición. Mientras tanto, notan que la vigilancia sobre ellos aumenta. La figura misteriosa parece estar siempre observando.

—Debemos acelerar la excavación. Si hay un secreto aquí, debemos encontrarlo antes de que las cosas empeoren —dice Alonso, determinado.

Ese mismo día, encuentran un mapa antiguo entre los documentos. El mapa indica un lugar específico dentro del castillo.

—Este mapa puede ser la clave. Mañana iremos allí —dice Alonso, mostrando el mapa al equipo.

Todos asienten, sintiendo el peso de su misión y la ausencia de Luis. La incertidumbre y el peligro los rodean, pero están decididos a continuar.

- Acelerar - To accelerate
- Alarmante - Alarming

- Autoridades - Authorities
- Beneficio - Benefit
- Cauteloso - Cautious
- Desconfiado - Distrustful
- Desaparición - Disappearance
- Determinado - Determined
- Excavación - Excavation
- Fascinantes - Fascinating
- Inscripciones - Inscriptions
- Interesado - Interested
- Maldición - Curse
- Preocupado - Worried
- Proyecto - Project
- Secreto - Secret
- Vigilancia - Surveillance

La intensificación

Al día siguiente, el equipo sigue el mapa que encontraron y descubre una cámara oculta bajo el suelo del castillo.

—¡Aquí está! ¡El suelo parece diferente aquí! —exclama Javier mientras señala un área.

Con cuidado, levantan las piedras y revelan una entrada secreta.

—Increíble, vamos a ver qué hay abajo —dice Marta, bajando primero.

La cámara está llena de artefactos y documentos antiguos. En una esquina, encuentran un manuscrito.

—Este manuscrito parece muy importante —dice Alonso, examinándolo con cuidado.

Lo leen juntos y descubren que describe un terrible secreto de los templarios.

—Revela una verdad oscura sobre su historia —comenta Alonso, preocupado.

—Debemos proteger esta información hasta que podamos entenderla completamente —decide Marta.

Mientras discuten, se dan cuenta de que alguien está tratando de entrar al campamento.

—¡Alguien viene! —alerta Javier.

Se produce un enfrentamiento. El equipo lucha contra varios intrusos que intentan robar los documentos.

—¡No los dejen entrar! —grita Alonso mientras empuja a uno.

Logran capturar a uno de los miembros de la sociedad secreta.

—¿Quién eres? ¿Qué quieres? —interroga Alonso al prisionero.

—No diré nada. Ustedes no entienden lo que está en juego —responde el prisionero, desafiante.

Después de insistir, el prisionero revela que su sociedad quiere usar el secreto para su propio beneficio.

—Necesitamos estar más seguros. Vamos a cambiar cómo hacemos todo aquí —dice Marta, pensativa.

Refuerzan la seguridad del campamento y cambian sus rutinas diarias. Sin embargo, la noticia de su descubrimiento se filtra y pronto, reporteros y curiosos comienzan a llegar al sitio.

—Esto se está complicando. Todos quieren saber sobre el manuscrito —dice Javier, observando a la multitud que se reúne.

—Nos están presionando mucho. Estamos siempre vigilados —añade Marta, mirando alrededor nerviosamente.

Alonso, viendo la situación, decide que es momento de tomar medidas más drásticas.

—Tenemos que asegurarnos de que este secreto no caiga en las manos equivocadas. Podría ser muy peligroso —dice seriamente.

El equipo asiente, comprendiendo la gravedad de la situación. Se preparan para proteger su descubrimiento a cualquier costo, sabiendo que los desafíos solo aumentarán.

- Asegurarnos - To make sure
- Cámara - Chamber (in the context of a room or enclosure)
- Capturar - To capture
- Desafiante - Defiant
- Descubrimiento - Discovery
- Diferente - Different
- Emocionante - Thrilling
- Entrada - Entrance
- Entraña - Involves (in the context of "what is at stake")
- Manuscrito - Manuscript
- Nerviosamente - Nervously
- Presionando - Pressuring
- Prisionero - Prisoner
- Proteger - To protect
- Revela - Reveals
- Rutinas - Routines
- Seguridad - Security

El desciframiento

El equipo trabaja sin parar, día y noche, intentando descifrar los documentos antiguos.

—Este manuscrito es muy complicado, pero estamos avanzando —dice Alonso, cansado pero decidido.

Poco a poco, logran traducir partes del texto. Revela detalles sobre una maldición.

—Dice aquí que los templarios sellaron un antiguo mal —explica Marta, mostrando el manuscrito a los demás.

—¿Crees que la desaparición de Luis está conectada con esto? —pregunta Javier con preocupación.

—Es posible. Todo esto es muy extraño —responde Alonso, pensativo.

Durante las noches, el equipo experimenta fenómenos aterradores e inexplicables.

—¿Escuchaste eso? Son voces, pero no hay nadie allí —dice Marta, asustada.

Deciden realizar rituales antiguos para protegerse, usando información del manuscrito.

—Espero que esto nos ayude —dice Javier mientras dibujan símbolos en el suelo.

Contactan con expertos en simbología y ocultismo para pedir ayuda.

—Necesitamos toda la ayuda que podamos conseguir —afirma Alonso mientras habla por teléfono.

La presión externa aumenta cuando más periodistas y curiosos llegan al sitio.

—Tenemos que mantenerlos alejados —dice Marta, preocupada por la seguridad.

La sociedad secreta no se da por vencida y lanza un nuevo ataque, más violento que el anterior.

—¡Defiéndanse! ¡No dejen que se acerquen! —grita Alonso durante el enfrentamiento.

Defienden el sitio con éxito, pero no sin consecuencias. Uno de los miembros resulta gravemente herido.

—Esto se está volviendo muy peligroso —dice Javier, ayudando a su compañero herido.

La moral del equipo está al límite, pero están decididos a seguir adelante.

—Este secreto podría cambiar nuestra comprensión de la historia mundial —reflexiona Alonso, preocupado.

Se dan cuenta de que no pueden controlar ni contener el poder del secreto.

—Este conocimiento es demasiado peligroso para existir —concluye Alonso, tomando una decisión difícil.

Decide que deben destruir los documentos para evitar que caigan en manos equivocadas.

—Preparen todo para destruir estos papeles. Es nuestra única opción —ordena Alonso.

Mientras preparan la destrucción, la sociedad secreta se acerca para un último enfrentamiento. El equipo se prepara para defender el secreto una última vez, sabiendo que lo que hagan a continuación podría tener consecuencias enormes.

- Acercarse - To approach
- Aterradores - Terrifying
- Consecuencias - Consequences
- Contener - To contain
- Controlar - To control
- Defienden - They defend
- Descifrar - To decipher
- Destruir - To destroy
- Enfrentamiento - Confrontation
- Gravemente - Severely
- Herido - Injured
- Ocultismo - Occultism
- Parar - To stop
- Rituales - Rituals
- Sellado - Sealed
- Simbología - Symbology
- Vencida - Defeated

El enfrentamiento final

La sociedad secreta llega en fuerza al amanecer, decidida a tomar el castillo.

—Están aquí. Tenemos que defender este lugar —dice Alonso, mirando cómo se acercan.

El equipo rápidamente se organiza para defender el sitio y el secreto que han descubierto.

—Usen todo lo que hemos aprendido sobre el castillo para protegernos —instruye Marta.

Comienza una batalla intensa dentro de las ruinas. Usan pasadizos secretos y muros antiguos para su defensa.

—¡Por aquí, rápido! —grita Javier, guiando al equipo a través de un pasadizo oculto.

A pesar de sus esfuerzos, sufren bajas significativas. La situación se vuelve desesperada.

—¡No podemos rendirnos ahora! —anima Alonso, a pesar del peligro.

En un momento crucial, logran herir al líder de la sociedad secreta, lo que debilita su ataque.

—¡Ahora! ¡Es nuestra oportunidad! —exclama Marta.

Alonso ve la oportunidad de destruir los documentos con fuego.

—Voy a acabar con esto, ¡cubranme! —dice Alonso, corriendo hacia donde guardan los papeles.

La sociedad intenta detenerlo, y se produce una lucha cuerpo a cuerpo.

—¡No dejaré que tomes esos documentos! —grita uno de los atacantes mientras lucha con Alonso.

Aunque gravemente herido, Alonso consigue encender el fuego. Los documentos y parte del castillo comienzan a arder en llamas.

—¡Todos fuera! ¡El fuego se está extendiendo! —grita Javier, ayudando a los demás a evacuar.

Mientras el sitio se derrumba, la sociedad secreta se da cuenta de que han perdido su oportunidad de obtener el secreto y se retiran.

El equipo sobreviviente es rescatado por las autoridades y llevado a un lugar seguro.

—Hemos perdido mucho hoy —reflexiona Marta, tristemente.

Las ruinas del castillo quedan cerradas y bajo guardia para prevenir más incidentes.

En los días siguientes, Alonso y los demás reflexionan sobre las consecuencias de sus acciones.

—¿Hicimos lo correcto al destruir el secreto? —pregunta Alonso, mirando a su equipo.

—Sí, era demasiado peligroso. Algunos secretos no deben ser descubiertos —responde Javier, poniendo una mano en el hombro de Alonso.

Todos sienten el peso de su decisión, pero están de acuerdo en que fue necesario para proteger algo que podría haber sido mucho más destructivo.

- Amanecer - Dawn
- Atacantes - Attackers
- Bajas - Casualties
- Cubranme - Cover me
- Debilita - Weakens
- Derrumba - Collapses
- Desesperada - Desperate
- Detenerlo - To stop him
- Encender - To ignite
- Extiende - Spreads
- Lucha - Fight
- Oportunidad - Opportunity
- Pasadizos - Passageways
- Peligroso - Dangerous
- Protegernos - To protect us
- Rendirnos - To give up
- Retiran - They withdraw

Las consecuencias

Después del enfrentamiento, el equipo enfrenta muchas preguntas de la prensa y las autoridades.

—¿Por qué destruyeron los documentos? —pregunta un reportero.

—Era necesario para proteger a todos —responde Marta, mientras se encuentran en una conferencia de prensa.

Alonso es hospitalizado debido a sus heridas. Desde su cama en el hospital, sigue preocupado por el equipo.

—¿Cómo está el equipo? ¿Y la prensa? —pregunta a Javier, que lo visita.

—Todos hablan de lo que pasó. Hay apoyo, pero también críticas —explica Javier.

Se realizan investigaciones sobre la sociedad secreta. Algunos miembros son capturados, pero otros siguen libres.

—Seguimos buscando a los demás —informa un oficial de policía al equipo.

Los medios de comunicación cubren intensamente la historia, creando todo tipo de teorías y especulaciones sobre los templarios y el secreto.

—Dicen muchas cosas, pero no saben toda la verdad —dice Marta, leyendo una noticia en su móvil.

El equipo discute sobre su decisión de destruir el secreto.

—¿Creen que hicimos lo correcto? —pregunta Alonso a través de una llamada.

—Sí, era demasiado peligroso. Hicimos lo necesario —afirma Marta, convencida.

Se revela que algunos artefactos fueron salvados del fuego y están siendo estudiados en secreto por el gobierno.

—Espero que esos artefactos puedan enseñarnos algo sin peligro —comenta Javier.

Después de recuperarse, Alonso decide retirarse de la arqueología.

—Necesito un descanso de todo esto. Es hora de cerrar este capítulo de mi vida —dice Alonso a sus amigos.

La historia de los templarios sigue siendo un misterio en muchas partes, rodeada de incertidumbre y fascinación.

—Aún hay mucho que no sabemos —reflexiona Marta.

Aunque debilitada, la sociedad secreta sigue activa, buscando otros secretos que puedan estar escondidos.

El sitio del castillo es eventualmente reabierto para investigación, pero bajo condiciones mucho más estrictas para asegurar la seguridad.

Los miembros sobrevivientes del equipo continúan sus carreras en diferentes campos de la arqueología, pero siempre marcados por la experiencia.

—Esto nos cambiará para siempre —dice Javier, mirando hacia el castillo una última vez.

La historia termina con una nota sombría, dejando a los personajes y a los lectores reflexionando sobre el poder y el peligro de los secretos antiguos.

—Algunos secretos deben permanecer ocultos, por el bien de todos —concluye Alonso, mientras el sol se pone detrás de las ruinas del castillo.

- Apoyo - Support
- Arqueología - Archaeology
- Capturados - Captured
- Cerrar - To close
- Condiciones - Conditions
- Críticas - Criticisms
- Descanso - Break, rest
- Destruir - To destroy

- Escondidos - Hidden
- Estudiados - Studied
- Hospitalizado - Hospitalized
- Investigaciones - Investigations
- Marcados - Marked
- Móvil - Mobile (as in mobile phone)
- Necesario - Necessary
- Permanecer - To remain
- Retirarse - To retire

El Misterio del Mapa Dorado

El Mapa Perdido

En una mañana soleada en Madrid, Ignacio está en su oficina. Ignacio es un arqueólogo joven y entusiasta. De repente, alguien toca la puerta.

—¡Toc, toc! —dice una voz.

—Adelante —responde Ignacio.

Un cartero entra con un paquete grande.

—Buenos días, tengo un paquete para Ignacio Sánchez —dice el cartero.

—Soy yo. Gracias —Ignacio toma el paquete y firma.

El cartero sale y Ignacio, con curiosidad, abre el paquete. Dentro, encuentra un mapa antiguo con marcas extrañas.

—¡Vaya! Esto parece muy antiguo —murmura.

Ignacio examina el mapa y descubre palabras que dicen "Ciudad de Oro" y "América del Sur".

—¡Esto es increíble! —exclama. Decide llamar a su amiga María, quien sabe mucho sobre códigos secretos.

—Hola, María. Necesito tu ayuda con un mapa antiguo que acabo de recibir —dice Ignacio.

—¡Claro, Ignacio! Voy para allá —responde María.

María llega y juntos estudian el mapa en la oficina.

—Mira, estas marcas deben ser un código —dice María, señalando las marcas.

—Sí, y aquí dice algo sobre un tesoro en la Ciudad de Oro —agrega Ignacio.

Deciden que necesitan más ayuda y van a visitar al abuelo de Ignacio, quien fue un famoso arqueólogo.

—Abuelo, hemos encontrado un mapa que creemos lleva a la Ciudad de Oro en América del Sur —dice Ignacio, mostrando el mapa.

—¡Oh, Ignacio! Esa ciudad es legendaria. Muchos han buscado, pocos han encontrado algo —dice el abuelo, serio pero emocionado.

—¿Crees que deberíamos ir? —pregunta Ignacio.

—Sí, pero ten cuidado. La aventura puede ser peligrosa —advierte el abuelo.

Ignacio y María preparan todo para la expedición. Ignacio compra un sombrero como el de Indiana Jones.

—Con esto, seguro que encontraremos el tesoro —bromea Ignacio, poniéndose el sombrero.

Al día siguiente, toman un avión hacia Perú. Al llegar, conocen a Carlos, un guía local.

—Bienvenidos a Perú. He escuchado muchas historias sobre la Ciudad de Oro —dice Carlos.

—Esperamos que nos puedas ayudar a encontrarla —dice María.

Esa noche, revisan el mapa una vez más.

—Mañana será un gran día —dice Ignacio, emocionado.

Pero al amanecer, descubren que alguien ha intentado robar el mapa.

—¡No! ¿Está todo bien? —pregunta María, preocupada.

—Sí, pero tenemos que ser más cuidadosos. Alguien más quiere encontrar la Ciudad de Oro —dice Ignacio, mirando el mapa asegurado en sus manos.

Con el mapa seguro, el equipo se prepara para adentrarse en la aventura que los espera en la selva misteriosa.

- Adentrarse - To go into, to enter

- Arqueólogo - Archaeologist
- Asegurado - Secured
- Aventura - Adventure
- Código - Code
- Expedición - Expedition
- Famoso - Famous
- Guía - Guide
- Legendaria - Legendary
- Maravillado - Amazed
- Paquete - Package
- Preparan - They prepare
- Robar - To steal
- Selva - Jungle
- Serio - Serious
- Tesoro - Treasure
- Tocar - To knock

Cautivos

Ignacio, María y Carlos están rodeados por hombres armados. El líder se acerca.

—Hola, Ignacio. Soy el Dr. Villanueva. Dime, ¿dónde está el mapa? —pregunta con seriedad.

—No te lo vamos a dar —responde Ignacio, firme.

Villanueva se enfada y se acerca más.

—Necesito ese mapa, Ignacio —insiste.

María mira a Ignacio, luego hace algo inesperado. Ella grita y señala detrás de Villanueva.

—¡Mira! ¡Un jaguar! —grita María.

Todos se giran para mirar. No hay nada, pero el grupo aprovecha para correr hacia la selva. Villanueva y sus hombres los persiguen.

—¡Rápido, por aquí! —dice Carlos, guiando a sus amigos más adentro en la selva.

Después de correr mucho, encuentran una caverna y se esconden allí.

—Creo que estamos seguros aquí —dice Ignacio, jadeando.

Exploran la caverna y descubren pinturas en las paredes.

—Estas pinturas... hablan de la Ciudad de Oro —dice Ignacio, emocionado.

Ignacio estudia las pinturas y encuentra un detalle sobre un ritual.

—Dice aquí que necesitamos hacer un ritual para abrir la ciudad —explica.

Deciden quedarse en la caverna durante la noche. Mientras tanto, Ignacio y María hacen un plan.

—Si Villanueva encuentra el mapa, necesitamos recuperarlo rápido —dice Ignacio.

—Sí, tenemos que estar listos para actuar —responde María.

Carlos, intentando calmar el ambiente, cuenta historias de aventureros pasados.

—Muchos buscaron la Ciudad de Oro y nunca volvieron. Pero nosotros somos diferentes —dice con una sonrisa.

Al amanecer, mientras exploran más la caverna, descubren una salida secreta gracias a las pinturas.

—Esto nos puede ayudar a escapar si es necesario —dice Carlos.

Cuando regresan, descubren que Villanueva ha robado el mapa mientras dormían.

—¡El mapa ha desaparecido! —exclama María.

Sin perder tiempo, siguen a Villanueva sigilosamente y logran recuperar el mapa.

Con el mapa de nuevo en sus manos, descifran el último rompecabezas que muestra cómo entrar a la Ciudad de Oro.

—Estamos cerca, muy cerca —dice Ignacio, mirando el mapa.

Preparados y decididos, se alistan para el último tramo de su aventura.

—Vamos, el descubrimiento de nuestras vidas nos espera —dice Ignacio, liderando con entusiasmo.

Juntos, el equipo sigue adelante, listos para enfrentar lo que venga y descubrir los secretos de la Ciudad de Oro.

* Alistan - They prepare
* Aprovecha - Takes advantage of
* Calmar - To calm
* Caverna - Cave
* Descifran - They decipher
* Desaparecido - Disappeared
* Emocionado - Excited
* Enfada - Gets angry
* Esconden - They hide
* Exploran - They explore
* Girar - To turn
* Jadeando - Panting
* Paredes - Walls
* Persiguen - They chase
* Pinturas - Paintings
* Recuperarlo - To recover it
* Sigilosamente - Stealthily

La Ciudad de Oro

Después de muchos días y noches en la selva, Ignacio, María y Carlos finalmente llegan a un valle oculto.

—El mapa dice que la entrada está aquí —dice Ignacio, señalando una pared de roca.

Siguen las instrucciones del ritual descrito en las pinturas rupestres. María coloca piedras en un círculo, y Ignacio recita unas palabras antiguas.

—Espero que esto funcione —dice Carlos, observando nervioso.

De repente, la tierra tiembla ligeramente y una puerta secreta en la roca se abre.

—¡Lo logramos! —exclama María, emocionada.

El equipo entra en la Ciudad de Oro. Todo brilla bajo el sol.

—Mira todo este oro y estas piedras preciosas —dice Carlos, maravillado.

Ignacio saca su cuaderno y empieza a documentar todo.

—Es importante recordar esto para la ciencia —dice mientras escribe.

Mientras exploran, Villanueva y sus hombres aparecen de repente.

—Ignacio, debemos compartir este descubrimiento —dice Villanueva, con seriedad.

Ignacio se enfrenta a Villanueva.

—Esta ciudad es para estudiar, no para llevarse el oro —dice firmemente.

María interviene antes de que la situación empeore.

—Podemos explorar juntos, pero con una condición: no nos llevaremos el oro —propone.

Después de un momento tenso, Villanueva acepta.

—Está bien, exploraremos juntos —dice.

Exploran más y encuentran un templo central con inscripciones en las paredes.

—Ignacio, ¿puedes leer esto? —pregunta María.

—Dice que hay una maldición para quienes roben los tesoros —traduce Ignacio.

Todos acuerdan tomar solo fotos y dejar los tesoros como están.

—Es mejor no arriesgarnos con maldiciones —dice Carlos, medio en broma.

Cuando salen del templo, la puerta comienza a cerrarse.

—¡Rápido, salgamos de aquí! —grita Ignacio.

Escapan justo a tiempo, llevándose solo fotos y el conocimiento.

—Hemos hecho lo correcto al dejar el oro —dice María mientras se alejan.

El equipo regresa a casa, satisfechos por haber preservado la Ciudad de Oro para futuras generaciones.

- Acuerdan - They agree
- Ciudad - City
- Cuaderno - Notebook
- Descrito - Described
- Documentar - To document
- Empeore - Worsens
- Enfrenta - Faces
- Funcione - It works
- Maldición - Curse
- Maravillado - Amazed
- Nervioso - Nervous
- Preservado - Preserved
- Puerta - Door
- Recita - He recites
- Tiembla - It trembles
- Valle - Valley
- Valle - Valley

Regreso a casa

Ignacio y María están en Madrid, en una gran sala llena de gente. Hoy presentan su investigación en una conferencia de arqueología.

—Hoy quiero contarles sobre nuestra aventura en la Ciudad de Oro —comienza Ignacio.

—Fue una experiencia increíble —agrega María.

La gente escucha con mucho interés. La historia de su aventura pronto se vuelve famosa en todo el mundo.

—Ignacio, María, ¿les gustaría escribir un libro sobre su viaje? —pregunta una señora después de la conferencia.

—Sí, claro. También podemos dar conferencias —responde María, emocionada.

Villanueva, quien también está en la conferencia, se acerca a ellos.

—Ignacio, María, quiero ayudar a proteger sitios como la Ciudad de Oro —dice Villanueva.

—Eso sería maravilloso, gracias —dice Ignacio, sorprendido pero contento.

Ignacio reflexiona sobre su viaje.

—La verdadera riqueza que encontramos fue el conocimiento —dice a María.

Carlos, que ha regresado a Perú, llama a Ignacio.

—He abierto una agencia de guías turísticos para la Ciudad de Oro, solo para estudios, nada de saqueo —informa Carlos.

—Excelente noticia, Carlos —responde Ignacio.

La Ciudad de Oro es ahora un patrimonio mundial, protegido para siempre.

—Nuestra próxima aventura podría ser en Egipto —dice María mientras planean en un café.

—Sí, ¡sería increíble! —responde Ignacio, emocionado.

El abuelo de Ignacio le regala su propio sombrero de explorador en una cena de celebración.

—Estoy muy orgulloso de ti, Ignacio —dice el abuelo.

—Gracias, abuelo. Este sombrero significa mucho para mí —responde Ignacio, conmovido.

En la cena, el equipo brinda.

—¡Por más aventuras! —dicen todos juntos.

Al día siguiente, reciben una carta misteriosa.

—Mira, Ignacio, sugiere la ubicación de otra ciudad perdida —dice María, leyendo la carta.

—Debemos investigarlo. Podría ser nuestra próxima gran aventura —dice Ignacio, entusiasmado.

La conferencia termina con un aplauso fuerte para Ignacio y María.

—Gracias por su valentía y su integridad —dice el presentador.

El museo nacional quiere hacer una exhibición sobre la Ciudad de Oro.

—Esto ayudará a que más gente conozca nuestra historia —dice María.

La historia termina con Ignacio mirando el mapa, pensando en lo que vendrá.

—Nuevos horizontes, nuevas aventuras —murmura Ignacio, soñador.

- Aplauso - Applause
- Brinda - Toasts (as in raising a glass)
- Celebración - Celebration
- Conferencia - Conference
- Conmovido - Moved, touched emotionally
- Exhibición - Exhibition
- Famosa - Famous (feminine)

- Guías - Guides (plural form, as in tour guides)
- Horizontes - Horizons
- Integridad - Integrity
- Patrimonio - Heritage
- Protegido - Protected
- Reflexiona - Reflects, thinks deeply
- Riqueza - Wealth
- Saqueo - Looting
- Sombrero - Hat
- Valentía - Bravery

El Secreto del Galeón Perdido

El Descubrimiento del Mapa

Diego es un arqueólogo de España. Un día, en un mercado en Valencia, encuentra un mapa muy antiguo.

—¡Mira esto! —dice Diego, sorprendido.

El mapa es muy especial. Muestra un lugar en el mar cerca de Andalucía. Habla de un barco morisco del siglo VIII que se hundió allí.

—El mapa dice que el barco llevaba tesoros y el Santo Grial —cuenta Diego a un amigo en el mercado.

Diego decide que necesita saber más. Va a la biblioteca de la universidad y busca en libros antiguos.

—Este barco es muy importante. Llevaba esclavos a África —dice Diego, leyendo un documento.

Decide que debe buscar este barco. Llama a su amiga Laura, que sabe mucho de historia medieval.

—Hola, Laura. ¿Puedes ayudarme a buscar un barco antiguo? —pregunta Diego.

—¡Claro, Diego! Me encantaría ayudarte —responde Laura.

Diego también necesita un buzo. Llama a Javier, un buzo profesional.

—Hola, Javier. Necesitamos un buzo para una expedición. ¿Te interesa? —dice Diego.

—Sí, Diego. Estoy listo para una aventura —dice Javier, emocionado.

Juntos, preparan todo lo necesario para buscar bajo el mar. Compran equipos de buceo y revisan todo cuidadosamente.

—Todo está listo. Mañana buscamos el barco —dice Diego.

Viajan al sur de España y alquilan un barco grande y fuerte.

—Este barco es perfecto para nuestra búsqueda —comenta Laura.

Todos están nerviosos pero emocionados. Al día siguiente, se preparan para sumergirse en el mar.

—Espero que encontremos el barco y sus tesoros —dice Javier.

—Sí, será increíble descubrir algo tan importante —responde Diego.

Todos se van a dormir, soñando con lo que encontrarán bajo el agua.

- Alquilan - They rent
- Antiguo - Ancient
- Aventura - Adventure
- Barco - Boat
- Buceo - Diving
- Buzo - Diver
- Descubrir - To discover
- Emocionado - Excited
- Esclavos - Slaves
- Expedición - Expedition
- Fuerte - Strong
- Galeón - Galleon
- Morisco - Moorish (related to the Moors)
- Nerviosos - Nervous
- Preparan - They prepare
- Santo Grial - Holy Grail
- Sumergirse - To submerge, dive

Bajo el Mar

Al amanecer, Diego, Laura y Javier se preparan para sumergirse en el mar.

—Hoy es un gran día —dice Diego mientras se ponen los trajes de buceo.

—Espero que las corrientes no sean muy fuertes —comenta Javier, revisando el equipo.

Se sumergen en el agua cerca del lugar marcado en el mapa. El mar está agitado.

—Las corrientes están fuertes hoy, debemos tener cuidado —advierte Javier a través del intercomunicador.

Después de algunas horas buscando, Laura señala hacia el fondo.

—¡Allí! ¡Veo algo! —exclama.

Encuentran el naufragio. El barco está muy dañado, pero aún se pueden ver partes de su estructura.

—Mira, esos deben ser los cofres de madera, pero están todos descompuestos —dice Diego, nadando hacia ellos.

Javier encuentra una cruz de metal corroído.

—Esto parece de una iglesia —dice, mostrándoselo a Laura.

—Debemos tomar fotos de todo —dice Laura, tomando notas y fotografías.

Exploran más y encuentran cerámica y utensilios antiguos.

—Estos objetos nos pueden contar mucho sobre la vida a bordo —comenta Laura.

Diego se queda pensativo mirando los restos.

—Imagino las historias de las personas que iban en este barco —dice Diego.

Encuentran una parte del barco que parece un lugar donde guardaban tesoros.

—Vamos a buscar aquí, tal vez encontremos el Santo Grial —dice Javier con esperanza.

Buscan entre los restos, moviendo piezas de madera y piedras.

—Solo hay objetos personales aquí, nada del Grial —dice Laura, un poco decepcionada.

El día termina y no han encontrado tesoros importantes ni el Santo Grial.

—No hemos encontrado lo que buscábamos, pero no podemos rendirnos —dice Diego con determinación.

Regresan al barco de superficie, cansados pero no desanimados.

—Mañana probaremos en esa área que no hemos explorado todavía —dice Javier, señalando a un mapa.

—Sí, aún hay esperanza —responde Laura, mientras el sol se pone en el horizonte.

- Agitado - Choppy, agitated
- Cerámica - Ceramics
- Cofres - Chests
- Corrientes - Currents
- Cruz - Cross
- Descompuestos - Decomposed
- Horizonte - Horizon
- Intercomunicador - Intercom
- Naufragio - Shipwreck
- Objetos - Objects
- Personales - Personal (plural)
- Piedras - Stones
- Restos - Remains
- Sumergirse - To submerge
- Trajes - Suits (diving suits in this context)
- Utensilios - Utensils
- Veo - I see (from "ver")

Desafíos Inesperados

El día comienza con viento y olas grandes.

—El tiempo está muy mal hoy —dice Diego, mirando el mar agitado.

—Sí, será difícil bucear —responde Laura con preocupación.

Mientras preparan el equipo, ven otro barco acercándose.

—Es el Dr. Vilas y su equipo —dice Javier, señalando hacia el barco que se aproxima.

Dr. Vilas llega y habla con Diego.

—Diego, mis documentos dicen que tengo derecho a explorar aquí también —afirma el Dr. Vilas con firmeza.

—Podemos buscar juntos, Dr. Vilas. Hay mucho mar para todos —responde Diego, tratando de mantener la calma.

—Está bien, dividamos la zona —acepta el Dr. Vilas después de pensar un momento.

El equipo de Diego comienza a bucear en su área asignada. El mar está turbio y la visibilidad es baja.

—Ten cuidado, Javier —dice Diego a través del intercomunicador.

De repente, Javier grita.

—¡Ayuda! Me he enredado en algo.

Laura y Diego nadan rápidamente hacia él.

—Está bien, te tenemos —dice Laura mientras cortan la red que atrapa a Javier.

—Gracias, estoy bien ahora —responde Javier, un poco asustado.

Continúan explorando y Javier encuentra algo en el fondo.

—Miren esto, una espada morisca —dice Javier, levantándola del suelo marino.

La espada parece señalar hacia una cueva submarina.

—Vamos a ver esa cueva —sugiere Diego, intrigado.

Exploran la cueva y descubren una pequeña cámara oculta.

—Hay más restos aquí dentro —dice Laura, iluminando la cámara con su linterna.

Observan las paredes y notan inscripciones en las rocas.

—Estas marcas podrían indicar un escondite de tesoros —murmura Diego, examinando las inscripciones.

Excavan cerca de la pared y encuentran un cofre metálico sellado.

—Vamos a ver qué hay dentro —dice Javier con emoción.

Abren el cofre con cuidado y dentro encuentran varios artefactos valiosos, pero no el Santo Grial.

—No es el Grial, pero estos hallazgos son increíbles —dice Laura, admirando los artefactos.

—Mañana continuaremos buscando —dice Diego, esperanzado de que aún puedan encontrar el Grial.

- Acercándose - Approaching
- Asignada - Assigned
- Bucear - To dive
- Cámara - Chamber
- Cofre - Chest
- Dividamos - Let's divide
- Enredado - Entangled
- Espada - Sword
- Hallazgos - Findings
- Inscripciones - Inscriptions
- Intercomunicador - Intercom
- Linterna - Flashlight
- Marino - Marine
- Morisca - Moorish
- Señalar - To point
- Turbio - Murky
- Visibilidad - Visibility

Revelaciones

Diego, Laura y Javier miran el cofre con emoción.

—¡Qué hallazgo! —exclama Diego, examinando los objetos.

Dentro del cofre, hay joyas, monedas de oro y documentos muy antiguos.

—Voy a ver qué dicen estos papeles —dice Laura, empezando a leer los documentos.

Después de un rato, Laura comparte una noticia sorprendente.

—Estos documentos mencionan otro barco, ¡quizás el que llevaba el Santo Grial! —informa con emoción.

—Necesitamos investigar más sobre este segundo barco —dice Diego, pensativo.

Deciden viajar a Madrid para buscar información en los archivos nacionales. Allí, encuentran registros antiguos que hablan del segundo barco.

—Aquí dice que naufragó cerca de aquí, pero más al este —dice Diego, señalando un mapa antiguo.

Con nueva esperanza y equipos mejorados, regresan al mar.

—Usaremos el sonar para buscar anomalías en el suelo marino —explica Javier, preparando el equipo.

El sonar pronto detecta algo inusual.

—Hay algo grande allí abajo —dice Javier, observando la pantalla.

Se sumergen en el lugar indicado y encuentran otro naufragio.

—Este barco está mucho mejor preservado —observa Laura, iluminando el casco con su linterna.

Exploran el barco y encuentran una sala con decoraciones religiosas.

—Mira esto, parece un altar —dice Diego, acercándose a una estructura tallada.

En el altar, hay un cáliz muy decorado.

—¿Podría ser el Santo Grial? —pregunta Javier, con asombro.

El equipo se mira, emocionados por la posibilidad.

—Este descubrimiento es increíble, tenemos que asegurarlo —dice Laura, consciente de la importancia del hallazgo.

Celebran juntos, sabiendo que han encontrado algo muy especial.

—Vamos a preparar todo para llevar estos artefactos a la superficie y estudiarlos —dice Diego, comenzando a organizar el traslado.

El área se asegura y, cuidadosamente, seleccionan los artefactos para llevarlos arriba.

—Este es un gran día para nosotros —dice Diego, mientras el sol se pone sobre el mar.

- Anomalías - Anomalies
- Artefactos - Artifacts
- Asegurarlo - To secure it
- Cáliz - Chalice
- Casco - Hull (of a ship)
- Decoraciones - Decorations
- Detecta - Detects
- Hallazgo - Finding, discovery
- Joyas - Jewels
- Linterna - Flashlight
- Naufragó - It was shipwrecked
- Preservado - Preserved
- Registros - Records
- Sonar - Sonar
- Sonar - Sonar (technical equipment for mapping the sea floor)
- Traslado - Transfer, movement
- Usaremos - We will use

Conflicto y Resolución

Cuando Diego, Laura y Javier suben al barco con el cáliz, ven a varios oficiales esperándolos.

—Dr. Vilas nos ha dicho que ustedes podrían estar saqueando el patrimonio —dice uno de los oficiales.

—Tenemos todos los permisos necesarios. Aquí están los documentos —responde Diego, mostrando los papeles.

Un experto en patrimonio cultural llega para revisar el cáliz y los documentos.

—Todo parece estar en orden. Es un hallazgo legítimo —confirma el experto.

Los oficiales asienten y permiten que el equipo continúe con su trabajo.

—Sin embargo, quiero una parte del crédito por el descubrimiento —insiste Dr. Vilas, acercándose a Diego.

—Reconoceremos tu ayuda en el proyecto, Dr. Vilas —responde Diego, extendiendo su mano.

Dr. Vilas acepta, aunque no parece completamente satisfecho.

El cáliz, identificado como el Santo Grial, es llevado a un museo nacional para su conservación y estudio.

—Vamos a organizar una gran exposición sobre este descubrimiento —anuncia el director del museo.

Diego y Laura se convierten en oradores frecuentes, compartiendo su experiencia en conferencias.

—Es increíble cómo un descubrimiento puede cambiar nuestra comprensión de la historia —comenta Laura durante una conferencia.

La exposición atrae a miles de visitantes de todo el mundo, fascinados por la historia del naufragio y el cáliz.

—Debemos continuar explorando. Hay más secretos por descubrir —dice Diego, mirando los documentos antiguos.

La relación entre Diego y Dr. Vilas mejora con el tiempo, y comienzan a trabajar juntos en nuevos proyectos.

—A veces el conflicto lleva a colaboraciones fructíferas —reflexiona Diego.

En el museo, se instala un memorial especial para recordar a los esclavos del naufragio y su historia.

—Es importante recordar todas las vidas involucradas, no solo los tesoros encontrados —dice Laura durante la inauguración del memorial.

Diego mira el Santo Grial en su nueva vitrina y piensa en el futuro.

—Este descubrimiento nos ha enseñado mucho, y aún hay mucho más por aprender —dice, esperanzado y reflexivo sobre el impacto de su trabajo en la arqueología.

- Acepta - Accepts
- Asienten - They nod
- Colaboraciones - Collaborations
- Conservación - Conservation
- Crédito - Credit
- Descubrimiento - Discovery
- Exposición - Exhibition
- Fructíferas - Fruitful
- Hallazgo - Finding
- Inauguración - Inauguration
- Memorial - Memorial
- Naufragio - Shipwreck
- Oradores - Speakers
- Permisos - Permits
- Reconoceremos - We will acknowledge
- Saqueando - Looting
- Vitrina - Display case

Nuevos Horizontes

Diego está en su oficina cuando recibe una llamada.

—Hola, Diego. Te ofrecemos liderar una expedición en el Mar Rojo —dice la voz al otro lado del teléfono.

—¡Eso suena increíble! Acepto la oferta —responde Diego, emocionado.

Mientras tanto, Laura está escribiendo en su computadora.

—He decidido escribir un libro sobre los moriscos y sus naufragios —le dice a Diego por teléfono.

—Es una gran idea, Laura. Tu libro enseñará mucho —responde Diego.

Javier, por su parte, está en una escuela de buceo.

—Ahora enseño buceo arqueológico. Quiero compartir lo que he aprendido —dice Javier a sus estudiantes.

El equipo se reúne para discutir futuros proyectos.

—Hemos recibido financiación para buscar el barco de una famosa reina pirata —anuncia Diego.

—También seguiremos colaborando con universidades para educar sobre arqueología subacuática —agrega Laura.

El museo les propone otra idea.

—Queremos hacer una serie de documentales sobre vuestros descubrimientos —dice el director del museo.

Diego también comparte otras noticias emocionantes.

—Me han invitado a hablar en conferencias internacionales. Y nuestra historia inspirará una película —dice con una sonrisa.

El equipo organiza una exposición itinerante.

—Esta exposición viajará por el mundo mostrando lo que hemos encontrado —explica Javier.

Reciben varios premios por su trabajo.

—Es un honor recibir estos reconocimientos —dice Laura durante una ceremonia.

Exploran nuevas colaboraciones.

—Estamos trabajando con arqueólogos de otros países para más investigaciones —dice Diego.

Encuentran más pistas de naufragios.

—Hay indicios de otros naufragios en estos documentos que acabamos de encontrar —informa Laura.

El equipo se prepara para una nueva temporada de exploraciones.

—Hay muchos misterios en el mar esperando ser descubiertos —dice Javier, emocionado.

Diego mira hacia el mar.

—Cada descubrimiento nos lleva a nuevos horizontes. Estoy emocionado por lo que encontraremos —concluye Diego, mirando el horizonte con esperanza y determinación.

- Arqueológica - Archaeological
- Colaborando - Collaborating
- Computadora - Computer
- Descubrimientos - Discoveries
- Documentales - Documentaries
- Educación - Education
- Exposición - Exhibition
- Financiación - Funding
- Itinerante - Traveling
- Moriscos - Moors (referring historically to Muslims of Spain)
- Naufragios - Shipwrecks
- Pirata - Pirate
- Premios - Awards
- Reconocimientos - Recognitions
- Serie - Series

- Subacuática - Underwater
- Universidades - Universities

Misterios Bajo Cádiz

Un descubrimiento inesperado

En un día normal en Cádiz, un grupo de trabajadores comienza a construir un nuevo túnel para el metro.

—¡Eh, José! ¿Qué es eso? —grita Juan, un operario, mientras cava.

—No sé, parece muy duro. No es ni tierra ni roca —responde José, deteniendo la máquina.

Deciden parar las máquinas y limpiar el área para ver mejor. Descubren una piedra grande con escritura extraña.

—Mira, parece un tipo de letra antigua... ¿Púnica, tal vez? —dice Juan, mirando más de cerca.

El jefe de obra, Carlos, se acerca para ver el hallazgo.

—Voy a llamar a unos expertos en arqueología para que echen un vistazo —anuncia Carlos.

Pronto, llegan los arqueólogos y confirman las sospechas.

—Sí, definitivamente son inscripciones cartaginesas. Esto es un hallazgo importante —confirma una arqueóloga, Marta.

La noticia se extiende rápidamente y pronto varios periodistas llegan al sitio.

—¿Podrían decirnos más sobre el descubrimiento? —pregunta un periodista.

—Todavía es temprano para dar detalles. Necesitamos investigar más —responde Marta mientras se establece un perímetro de seguridad y se suspenden las obras.

Los arqueólogos empiezan a excavar con cuidado. Encuentran más objetos: fragmentos de cerámica y algunas herramientas antiguas.

—¡Miren aquí! Hay una entrada a algo... parece un pasadizo —exclama otro trabajador, Luis.

—Debemos explorar esto con cuidado. Podría llevar a más descubrimientos —sugiere Marta.

El equipo decide entrar al pasadizo. Descubren que conduce a una red de cámaras subterráneas.

—Increíble, hay más cámaras por aquí. ¿Quién sabe qué más encontraremos? —dice Carlos con emoción.

—Sí, pero procedamos con cautela. No sabemos qué podríamos encontrar —advierte Marta.

El capítulo termina con el equipo preparándose para entrar al primer cuarto subterráneo, llenos de anticipación y curiosidad por lo que descubrirán.

* Antigua - Ancient
* Arqueólogos - Archaeologists
* Cámaras - Chambers
* Cartaginesas - Carthaginian
* Cautela - Caution
* Cerámica - Ceramics
* Construir - To build
* Descubrimiento - Discovery
* Deteniendo - Stopping
* Excavar - To excavate
* Fragmentos - Fragments
* Hallazgo - Finding
* Inscripciones - Inscriptions
* Operario - Worker
* Pasadizo - Passage
* Perímetro - Perimeter
* Subterráneas - Underground

Secretos bajo la ciudad

Los arqueólogos y trabajadores entran cuidadosamente al primer cuarto subterráneo.

—Miren las paredes, están llenas de dibujos antiguos —dice Marta, señalando los murales.

—Parecen escenas de la vida de los cartagineses —añade Carlos, observando detenidamente.

Mientras exploran, encuentran objetos extraños.

—¿Qué son estas cosas? —pregunta Luis, recogiendo un amuleto.

—Son objetos rituales, como amuletos y estatuillas pequeñas —explica Marta.

Entre los objetos, descubren algo parecido a una cerradura antigua.

—Esto debe ser una cerradura, pero parece que falta una llave —dice Juan, examinándola.

De repente, los trabajadores sienten algo extraño.

—¿Escuchaste eso? Sonidos raros... como si alguien estuviera aquí —comenta José, nerviosamente.

Marta examina más los murales y descubre algo preocupante.

—Estos murales... podrían ser una advertencia. Hablan de una maldición para quienes perturben este lugar —dice seriamente.

El equipo se divide en opiniones.

—Deberíamos seguir. Es un descubrimiento importante —insiste Carlos.

—No sé, Carlos. ¿Y si es peligroso? —responde Luis, preocupado.

Mientras discuten, sienten un temblor leve.

—¡Un temblor! Pero parece que no hay daños —observa Juan, mirando alrededor.

Explorando más, encuentran otro pasadizo.

—Este pasaje va más profundo bajo la ciudad. Debemos reforzar esto antes de seguir —sugiere Marta.

Mientras refuerzan el túnel, uno de los arqueólogos, Ana, encuentra una pista.

—Creo que esta inscripción habla de la ubicación de la llave perdida —dice Ana, emocionada.

Al final del capítulo, encuentran una figura de bronce que encaja con la cerradura.

—¿Será esta la llave? —pregunta Carlos, esperanzado.

Prueban la figura en la cerradura y, con un clic, se abre una nueva sección.

—Funcionó. ¡Vamos a ver qué hay detrás de esta puerta! —exclama Marta, mientras todos miran expectantes hacia la nueva área abierta.

- Amuleto - Amulet
- Cerradura - Lock
- Dibujos - Drawings
- Escenas - Scenes
- Estatuillas - Statuettes
- Figura - Figure
- Inscripción - Inscription
- Llave - Key
- Murales - Murals
- Objetos - Objects
- Pasadizo - Passage
- Perturben - Disturb (subjunctive)
- Rituales - Rituals
- Temblor - Tremor
- Túnel - Tunnel
- Ubicación - Location

Más allá de la historia

Al abrir la nueva sección, el equipo descubre una biblioteca antigua llena de tablillas y pergaminos.

—Mira esto, es como una biblioteca de piedra —dice Carlos, asombrado.

—Pero, ¿qué dicen estos textos? Están en un idioma que no entiendo —comenta Ana, examinando un pergamino.

—Necesitamos a alguien que sepa leer estas lenguas antiguas —sugiere Marta.

Explorando más, encuentran mapas de la ciudad con rutas que los cartagineses usaban.

—Este mapa muestra otras cámaras escondidas bajo la ciudad —dice Luis, señalando el documento.

Mientras tanto, algunos trabajadores comienzan a sentirse mal.

—No me siento bien, ¿a alguien más le pasa? —pregunta José, pálido.

—Es extraño, algunos de nosotros también estamos enfermos —responde Juan, preocupado.

Analizan las tablillas más de cerca y descubren descripciones de rituales oscuros.

—Estas tablillas hablan de sacrificios y ofrendas a los dioses —explica Marta con seriedad.

—Parece que esta cámara era un lugar de sacrificios —añade Carlos, observando una estatua oscura.

—Esta estatua debe ser de un dios desconocido, relacionado con la muerte —dice Ana, examinándola.

La salud de los trabajadores empeora, y los médicos no saben por qué.

—Los doctores no encuentran nada raro en las pruebas, pero seguimos sintiéndonos mal —dice José, frustrado.

Los fenómenos extraños aumentan en el túnel.

—Ayer vi sombras moviéndose solas. ¿Alguien más vio eso? —pregunta Luis, nervioso.

El equipo de arqueólogos está dividido sobre qué hacer.

—Quizás deberíamos parar las excavaciones, esto parece peligroso —sugiere Marta.

—Pero podríamos aprender mucho más... es difícil decidir —responde Carlos, pensativo.

Un historiador que se une al equipo encuentra referencias a una catástrofe antigua.

—Hay historias de una gran catástrofe aquí, relacionada con este dios oscuro —explica el historiador.

Encuentran un altar con inscripciones sobre un pacto con este dios.

—Este altar dice que hubo un pacto con el dios para proteger la ciudad de algún desastre —dice Ana, leyendo las inscripciones.

Un arqueólogo, tomando una decisión cuestionable, decide llevarse una estatua pequeña.

—Creo que esto podría protegernos... voy a llevarla —dice, pero parece que la situación empeora después de eso.

Al final del capítulo, hacen otro descubrimiento sorprendente.

—Hay documentos aquí que muestran cámaras similares bajo otras ciudades cartaginesas —anuncia Marta.

—Esto es mucho más grande de lo que pensábamos —dice Carlos, mientras el equipo mira los documentos, preocupado pero fascinado.

- Altar - Altar
- Biblioteca - Library
- Catástrofe - Catastrophe
- Cámaras - Chambers
- Descripciones - Descriptions
- Documentos - Documents
- Enfermos - Sick (plural)
- Estatua - Statue
- Excavaciones - Excavations

- Idioma - Language
- Mapas - Maps
- Médicos - Doctors
- Ofrendas - Offerings
- Pacto - Pact
- Pergamino - Parchment
- Rituales - Rituals
- Tablillas - Tablets

La maldición se desata

Desde que movieron la estatua, los trabajadores sienten más malestares y ven cosas extrañas.

—Desde ayer, veo sombras y escucho voces —dice José a Carlos, preocupado.

—No estás solo, otros también reportan cosas raras —responde Carlos.

Mientras tanto, los arqueólogos hacen un descubrimiento inquietante.

—Hemos encontrado pruebas de un gran sacrificio humano aquí —informa Marta al equipo.

—Este sacrificio fue para calmar al dios y evitar una gran catástrofe —añade Ana, leyendo una inscripción.

Fuera del sitio, los lugareños muestran su descontento.

—¡Deben parar las excavaciones! ¡Están desatando maldiciones! —grita un grupo de lugareños frente al sitio.

Para calmar los ánimos y la situación, expertos en rituales antiguos llegan al lugar.

—Vamos a realizar rituales de protección para calmar las energías aquí —explica uno de los expertos.

Sin embargo, algunos trabajadores que tocaron los objetos rituales enferman más.

—Aquellos que tocaron los objetos rituales están peor —comenta Luis a Marta.

—Necesitamos encontrar una solución pronto —dice ella, preocupada.

En las tablillas, encuentran una inscripción crucial.

—Aquí dice cómo podemos detener la maldición. Necesitamos varios artefactos específicos para un ritual —informa Ana.

El equipo inicia una búsqueda urgente de estos artefactos.

—Debemos encontrarlos rápido, en el túnel y quizás en algunos museos —dice Carlos, organizando equipos.

Durante la búsqueda, enfrentan más fenómenos extraños.

—Las luces se cortan y las herramientas se mueven solas... es muy extraño —reporta José, nervioso.

Logran encontrar casi todos los artefactos necesarios.

—Solo nos falta el más importante, según las inscripciones —dice Marta, revisando la lista.

La salud de los enfermos empeora rápidamente.

—Estamos perdiendo tiempo, ellos están muy mal —dice Luis, ansioso.

La historia atrae atención mundial, y los medios hablan de la "Maldición de Cádiz".

—Esto se está haciendo conocido en todo el mundo. Hay mucho miedo —comenta Ana, viendo las noticias.

Un equipo especializado en fenómenos paranormales llega para ayudar.

—Somos expertos en lo paranormal. Vamos a ayudarles con el ritual —dice el líder del equipo, preparándose.

El capítulo termina con todos los preparativos para el gran ritual.

—Esperemos que esto funcione y podamos detener la maldición —dice Marta, mientras organizan todo para el ritual en el lugar del descubrimiento.

- Artefactos - Artifacts
- Calmar - To calm
- Catástrofe - Catastrophe
- Descontento - Discontent
- Desatando - Unleashing
- Enferman - They become ill
- Excavaciones - Excavations
- Fenómenos - Phenomena
- Inquietante - Disturbing
- Inscripción - Inscription
- Lugareños - Locals
- Malestares - Discomforts
- Maldiciones - Curses
- Paranormales - Paranormal
- Rituales - Rituals
- Sacrificio - Sacrifice
- Urgente - Urgent

El ritual

El equipo especializado en lo paranormal llega con el último artefacto necesario.

—Ahora tenemos todo para empezar el ritual —dice el líder del equipo paranormal, mostrando el artefacto.

Preparan el área con cuidado, colocando símbolos protectores alrededor.

—Todo está listo. Comenzaremos a medianoche —anuncia Marta, mientras mira los preparativos.

Cuando empieza el ritual, suceden cosas extrañas.

—¿Sientes eso? La temperatura está bajando mucho —dice Carlos, abrigándose.

—Y escucho voces... voces muy antiguas —añade Ana, nerviosa.

De repente, una parte del túnel empieza a colapsar.

—¡Rápido, tenemos que salir de aquí! —grita Luis, dirigiendo la evacuación.

Los arqueólogos y trabajadores salen corriendo, pero el equipo de lo paranormal decide quedarse.

—Nosotros continuaremos. Es necesario terminar el ritual —dice el líder, entrando en trance y hablando en el antiguo idioma carthaginés.

En trance, revela una exigencia escalofriante.

—El dios requiere un sacrificio para restablecer el orden —dice con una voz distinta.

Justo después, un fuerte terremoto sacude el lugar.

—Esto es malo, muy malo —dice Carlos, mientras observa los daños en la ciudad.

Aunque terminan el ritual, algo no parece correcto.

—Algo salió mal. No se siente como si hubiéramos resuelto nada —comenta Marta, preocupada.

El equipo de lo paranormal sufre mucho. Algunos de sus miembros desaparecen sin dejar rastro.

—No sabemos qué pasó con ellos. Desaparecieron después del ritual —explica el líder, visiblemente afectado.

Los arqueólogos se reúnen para discutir la situación.

—¿Deberíamos seguir haciendo esto? Estamos poniendo en peligro a toda la ciudad —plantea Ana, inquieta.

Encuentran un diario antiguo que predice una catástrofe si el dios no está contento.

—Este diario dice que si el dios no está aplacado, la catástrofe seguirá —lee Luis, mostrando el diario a los demás.

Después de mucho debate, toman una decisión difícil.

—Vamos a sellar el túnel y todas las entradas. Es lo más seguro —decide Marta.

El capítulo termina con el equipo sellando las entradas, sintiendo una mezcla de alivio y ansiedad.

—Espero que esto sea suficiente para protegernos —dice Carlos, mientras colocan las últimas barreras.

- Alivio - Relief
- Aplacado - Placated
- Catástrofe - Catastrophe
- Colapsar - To collapse
- Desaparecer - To disappear
- Diario - Diary
- Entradas - Entries
- Escalofriante - Chilling
- Exigencia - Demand
- Idioma - Language
- Paranormal - Paranormal
- Preparativos - Preparations
- Proteger - To protect
- Restablecer - To restore
- Sacrificio - Sacrifice
- Símbolos - Symbols
- Terremoto - Earthquake

Consecuencias inevitables

Después de sellar el túnel, los problemas en Cádiz no se detienen.

—Pensamos que sellar el túnel ayudaría, pero todo sigue igual —dice Marta, preocupada.

—Sí, y algunos enfermos están peor, algunos incluso han muerto —agrega Carlos, con tristeza.

Los fenómenos extraños aumentan en la ciudad, causando miedo entre los ciudadanos.

—Cada día hay más historias de apariciones y ruidos extraños por toda la ciudad —comenta Luis a los demás.

Los líderes locales están bajo mucha presión.

—Necesitamos encontrar una solución, la gente está muy asustada —dice el alcalde en una reunión.

Los arqueólogos enfrentan críticas por haber excavado el sitio.

—Nos culpan por despertar la maldición. Incluso hay quienes quieren llevarnos a juicio —explica Ana, frustrada.

Un grupo de científicos y teólogos se reúne para ayudar.

—Hemos encontrado un error en la interpretación de las inscripciones. El dios no quería ser calmado, sino que anunciaba una era de oscuridad —revela un teólogo.

Intentan otro ritual para calmar la situación, pero falla.

—No funcionó. Si algo, los problemas parecen peores ahora —dice el líder del grupo, desanimado.

La ciudad experimenta un apagón total.

—No hay electricidad en toda la ciudad desde ayer. Esto es un desastre —informa el alcalde.

Mientras tanto, más personas desaparecen cerca de donde estaba el túnel.

—Hay demasiados accidentes y desapariciones cerca del área sellada —comenta un policía durante una conferencia.

Las autoridades deciden evacuar partes de la ciudad.

—Por seguridad, vamos a evacuar las áreas más afectadas —anuncia el alcalde en la televisión.

La crisis en Cádiz atrae atención mundial.

—Están llamando esto "La Maldición de Cádiz" en las noticias internacionales —dice Carlos, mostrando un artículo en su teléfono.

Un equipo de documentalistas llega para registrar los eventos.

—Queremos mostrar al mundo lo que está pasando aquí, pero debemos tener cuidado —dice el líder del equipo.

Cádiz se convierte en un caso de estudio sobre los peligros de perturbar sitios antiguos.

—La ciudad es ahora un ejemplo de lo que no se debe hacer al encontrar antigüedades —explica Marta a un periodista.

El capítulo y la historia concluyen con una sensación de incertidumbre.

—No sabemos si este problema alguna vez se resolverá completamente. Cádiz quedará en alerta —termina diciendo el alcalde, mientras la ciudad sigue envuelta en misterio.

- Afectadas - Affected
- Apariciones - Appearances
- Apagón - Blackout
- Calmar - To calm
- Científicos - Scientists
- Desapariciones - Disappearances
- Despertar - To awaken
- Documentalistas - Documentary filmmakers
- Electricidad - Electricity
- Era - Era
- Evacuar - To evacuate
- Inspecciones - Inscriptions
- Juicio - Trial
- Oscuridad - Darkness
- Presión - Pressure
- Problemas - Problems
- Teólogos - Theologians

Secretos en la Casa del Acantilado

Una nueva vida

José, María y sus tres hijos llegaron a su nueva casa cerca del mar. Era una gran casa antigua en el campo de España.

—¡Mira, mamá! ¡Es enorme! —exclamó Ana, la hija mayor, mientras corrían hacia la puerta principal.

María sonrió, emocionada y un poco nerviosa.

—Es perfecta para nuestra nueva aventura, —respondió, abriendo la puerta con una llave antigua.

La casa crujía un poco y estaba llena de muebles viejos y cajas polvorientas. Los niños exploraban cada rincón con curiosidad.

—¡José! Ven a ver esto, —gritó María desde la biblioteca.

José se acercó rápidamente.

—¿Qué encontraste? —preguntó.

—Mira, una habitación secreta detrás de esta estantería, —dijo María mientras empujaba la estantería para revelar una pequeña puerta.

—Es increíble, ¿verdad? —dijo José, asombrado.

Mientras tanto, los niños subían al segundo piso.

—Escucho algo... como pasos, —susurró Carlos, el hijo mediano, mientras los tres se detenían en silencio.

—Debe ser el viento, —sugirió Ana, aunque no parecía muy convencida.

Después, la familia se reunió para cenar en la antigua cocina.

—Hoy ha sido un gran día, —dijo José, mirando a todos.

—Sí, pero hay mucho que limpiar y arreglar, —respondió María, sirviendo la comida.

—Podemos jugar a los detectives y descubrir más secretos de la casa, —propuso Luis, el más pequeño, con entusiasmo.

—¡Buena idea! —dijeron Ana y Carlos al unísono.

Esa noche, despés de que todos se habían acostado, José y María escucharon ruidos extraños desde el ático.

—¿Oíste eso? —susurró María, preocupada.

—Sí, iré a ver qué es mañana. Debe ser algún animal, quizás, —respondió José, tratando de tranquilizarla.

Al día siguiente, encontraron que algunas cajas en el ático se habían movido.

—Alguien o algo estuvo aquí, —dijo José, mirando las cajas.

—¿Crees que estamos solos en la casa? —preguntó María.

José no respondió, pero ambos sabían que debían averiguarlo.

- Acantilado - Cliff
- Averiguarlo - To find out
- Cajas - Boxes
- Cenar - To have dinner
- Crujía - It creaked
- Detectives - Detectives
- Emocionada - Excited
- Estantería - Bookshelf
- Habitación - Room
- Llave - Key
- Muebles - Furniture
- Pasos - Steps
- Polvorientas - Dusty
- Puerta - Door
- Ruidos - Noises
- Secreta - Secret
- Tranquilizarla - To reassure her

Secretos del pasado

Una mañana, José y los niños subieron al ático para seguir explorando.

—Mira, papá, ¡una caja vieja aquí! —gritó Carlos, señalando una esquina polvorienta.

Juntos, abrieron la caja y encontraron un diario antiguo.

—Parece muy viejo. Veamos qué dice, —dijo José, abriendo el diario con cuidado.

Ana, la hija mayor, leyó el nombre en la cubierta.

—Dice "Eduardo". Creo que era quien vivía aquí antes, —comentó.

José hojeó el diario y leyó en voz alta:

—Aquí dice que Eduardo escondió algo valioso en la casa.

—¡Un tesoro! ¡Tenemos que encontrarlo! —exclamaron los niños, emocionados.

Mientras tanto, María investigaba en el estudio.

—José, encontré unos registros antiguos. Hablan sobre los dueños de la casa, —dijo María, mostrando unos documentos a José.

—Interesante, sigamos buscando pistas, —respondió José.

En el sótano, descubrieron un mueble antiguo con un compartimento secreto.

—Mira esto, José. Hay cartas viejas aquí, —dijo María mientras sacaba las cartas del compartimento.

—Hablan de problemas en la familia. Alguien no estaba feliz con la herencia, —leyó José.

—Tal vez los pasos que oímos son de alguien buscando eso que Eduardo escondió, —sugirió María.

Más tarde, encontraron evidencias de que alguien podría estar viviendo en los pasadizos secretos.

—Hay restos de comida y una manta vieja aquí, —dijo Carlos, mirando alrededor.

—Debemos averiguar quién es. Mañana pondremos cámaras, —decidió Ana.

Esa noche, instalaron cámaras en los pasillos. Al revisar las imágenes, vieron una sombra misteriosa.

—Hay alguien más aquí, —dijo José seriamente.

Al día siguiente, José y María encontraron más signos de alguien escondido: objetos personales y movimientos recientes.

—Alguien ha estado usando nuestros pasadizos, —comentó José.

La tensión creció cuando notaron que parte de su comida había desaparecido.

—Debemos hablar con esta persona. Mañana intentaré encontrarla, —dijo José decidido.

La familia se fue a dormir esa noche, preguntándose quién más podría estar compartiendo su nuevo hogar.

- Ático - Attic
- Cartas - Letters
- Compartimento - Compartment
- Cubierta - Cover
- Desaparecido - Disappeared
- Diario - Diary
- Dueños - Owners
- Escondido - Hidden
- Herencia - Inheritance
- Mueble - Piece of furniture
- Pasadizos - Passageways
- Personales - Personal (objects)
- Pistas - Clues
- Registros - Records
- Sombras - Shadows

- Tesoro - Treasure
- Valioso - Valuable

El misterio se profundiza

José, decidido a descubrir más, buscaba en los lugares más oscuros de la casa.

—Tiene que haber alguien aquí. Escucho ruidos, —murmuró mientras inspeccionaba un rincón oscuro del sótano.

Mientras tanto, María y los niños estaban en la biblioteca con el diario viejo.

—Mamá, mira esto, encontré un mapa. Tiene más pasadizos secretos marcados, —dijo Ana, mostrando el mapa a su madre.

—¡Qué interesante! Deberíamos explorar estos pasadizos. Podría llevarnos al tesoro, —respondió María, entusiasmada.

Con el mapa en mano, la familia se aventuró por los pasadizos secretos.

—Aquí, según el mapa, debería haber algo, —indicó Carlos, deteniéndose frente a una pared.

Encontraron una caja de madera con un candado.

—Voy a romper el candado, —dijo José, quien había regresado al escuchar sus voces.

Al abrir la caja, hallaron objetos antiguos y documentos legales.

—Estos papeles hablan de una pelea por la casa. Parece que había problemas con la herencia, —explicó José, leyendo los documentos.

De repente, oyeron un ruido detrás de una pared. José empujó la pared, revelando una puerta oculta.

—¿Quién está ahí? —preguntó José, abriendo la puerta.

Un hombre mayor, asustado y confuso, estaba detrás de la puerta.

—No me hagan daño, por favor, —dijo el hombre, temblando.

—Tranquilo, no estamos aquí para hacerle daño. ¿Cómo se llama? —preguntó María suavemente.

—Me llamo Ricardo. Soy un pariente lejano de los antiguos dueños. He estado viviendo aquí porque no tengo otro lugar a donde ir, —explicó Ricardo.

—Debemos ayudarlo a encontrar una solución legal. Nadie debería vivir así, —dijo José, compasivo.

Los niños, curiosos, le mostraron a Ricardo el tesoro que habían encontrado.

—Oh, esos eran de mi familia. Puedo contarles muchas historias sobre estos objetos, —dijo Ricardo, con una sonrisa.

Revisaron juntos los documentos, tratando de entender la compleja historia de la casa.

—Esto es muy complicado. Necesitamos un abogado para resolver esto correctamente y asegurarnos de que todos estén bien, —decidió María.

—Estoy de acuerdo. Vamos a encontrar a alguien que pueda ayudarnos, —concluyó José.

Así, unidos por el misterio y la historia compartida, decidieron buscar ayuda legal para resolver la disputa y asegurar el futuro de la casa y de Ricardo.

- Abogado - Lawyer
- Aventuró - Ventured
- Caja - Box
- Candado - Padlock
- Compasivo - Compassionate
- Confuso - Confused
- Documentos legales - Legal documents
- Dueños - Owners
- Herencia - Inheritance
- Mapa - Map
- Ocultos - Hidden

- Pariente - Relative
- Pasadizos - Passageways
- Pelea - Fight
- Puerta - Door
- Resolver - To solve
- Tesoro - Treasure

Descubrimientos y decisiones

José llamó a un abogado especializado en herencias y propiedades.

—Necesitamos ayuda con unos documentos antiguos de la casa, —explicó José al abogado.

—Voy a revisar todo y les informaré, —respondió el abogado.

Unos días después, el abogado trajo noticias.

—Ricardo tiene derecho a una parte de la propiedad, según estos documentos, —confirmó.

José y María hablaron sobre cómo podrían organizarse.

—Podríamos vivir todos juntos. Hay mucho espacio, —sugirió María.

—Sí, y podemos hacer algo especial con la casa, —añadió José.

Los niños tenían una idea.

—¿Y si hacemos un museo con todos los objetos que encontramos? —propuso Ana.

—Me encantaría compartir la historia de mi familia, —dijo Ricardo, emocionado con la idea.

Decidieron empezar las renovaciones para hacer la casa más cómoda.

—Vamos a limpiar y arreglar todo, —dijo José.

Mientras limpiaban, encontraron más objetos antiguos.

—Mira, este reloj era de mi bisabuelo, —contó Ricardo, mostrando un reloj antiguo.

Los niños decidieron crear un blog.

—Así podemos contar a todos sobre nuestro misterio, —dijo Carlos.

El blog y la historia de la casa se hicieron populares.

—Mucha gente quiere visitar y ayudar, —dijo María, sorprendida.

Ricardo contaba historias sobre cada objeto que limpiaban.

—Este cuadro tiene cien años, —explicaba mientras colgaban un cuadro.

Planearon un gran evento para abrir el museo.

—Invitaremos a todos, —dijo José, organizando el evento.

El día de la apertura, mucha gente vino.

—Bienvenidos a nuestro museo, —saludaron los niños, felices de ser pequeños guías.

Todos estaban orgullosos del trabajo realizado.

—Hemos hecho algo muy especial, —dijo María, mirando a su familia y a Ricardo.

La casa no solo era un hogar, sino un lugar lleno de historia y aprendizaje para la comunidad.

- Abogado - Lawyer
- Antiguos - Ancient
- Arreglar - To fix
- Blog - Blog
- Colgaban - They hung
- Cómoda - Comfortable
- Cuadro - Painting
- Derecho - Right
- Documentos - Documents
- Herencias - Inheritances
- Museo - Museum

* Objetos - Objects
* Propiedad - Property
* Reloj - Clock
* Renovaciones - Renovations
* Revisar - To review
* Visitar - To visit

Un nuevo capítulo

En la casa, todo es armonía. El museo ya funciona y todos viven contentos.

—Realmente es un nuevo comienzo para todos, —dice José mirando la casa renovada.

—Sí, y los niños aprenden mucho cada día, —añade María.

Los niños, siempre curiosos, siguen encontrando secretos en cada rincón.

—Mira, encontré esto detrás de una vieja pintura, —dice Ana, mostrando un pequeño objeto antiguo.

Ricardo, que se ha vuelto como un abuelo para ellos, les cuenta historias.

—Ese era del tío Alberto. Él amaba coleccionar cosas raras, —explica Ricardo con una sonrisa.

La familia ahora da visitas guiadas por la casa.

—Aquí vivió la familia de Ricardo hace más de cien años, —explica Carlos a un grupo de visitantes.

Las personas que visitan dejan comentarios muy positivos.

—Es maravilloso aprender sobre la historia de esta manera, —comenta una visitante.

El blog de los niños es un éxito.

—¡Mira, tenemos seguidores hasta en Australia! —exclama Luis, emocionado.

Inspirado por los eventos, Ricardo decide escribir un libro.

—Quiero contar nuestra historia. La verdadera historia de esta casa, —dice Ricardo, escribiendo notas.

Cuando el libro se publica, es un éxito.

—Estoy sorprendido de cuánto interés hay, —dice Ricardo, feliz.

La familia piensa en cómo hacer el museo aún mejor.

—Deberíamos agregar una sección sobre la cultura local, — sugiere María.

Organizan eventos para unir más a la comunidad.

—Vamos a hacer un festival aquí el próximo mes, —anuncia José.

Los niños, por su parte, aprenden lecciones valiosas.

—Es importante recordar de dónde venimos, —reflexiona Ana.

La casa se convierte en un lugar emblemático en la comunidad.

—Es un símbolo de nuestra historia y cultura, —afirma un vecino durante una visita.

José y María miran todo lo que han logrado.

—Hemos construido más que un hogar. Hemos construido un legado, —dice María con lágrimas de alegría.

La historia de la casa sigue viva, prometiendo más aventuras para todos.

—¿Quién sabe qué descubriremos mañana? —dice Carlos con una sonrisa.

- Armonía - Harmony
- Coleccionar - To collect
- Comentarios - Comments
- Cultura - Culture
- Emblemático - Emblematic
- Festival - Festival

- Guiadas - Guided (tours)
- Historia - History
- Legado - Legacy
- Libro - Book
- Maravilloso - Wonderful
- Museo - Museum
- Objeto - Object
- Pintura - Painting
- Publica - Publishes
- Seguidores - Followers
- Visitantes - Visitors

Misterio en la Sombra del Amazonas

La Llegada Inesperada

Un pequeño avión está volando sobre el Amazonas. Carlos, el piloto, de repente ve una luz roja en el panel.

—Sofía, algo no va bien con el motor —dice preocupado.

Sofía, la copiloto, revisa los instrumentos rápidamente.

—Carlos, tienes razón. Hay una falla mecánica —confirma con una mirada seria.

Carlos toma una decisión rápida.

—Vamos a aterrizar de emergencia. Mejor prevenir —anuncia.

Con habilidad, Carlos logra aterrizar el avión en una zona aislada del Amazonas. Los cinco pasajeros, aún asustados, aplauden aliviados.

—Estamos bien, pero debemos ser cuidadosos —les advierte Carlos mientras descienden del avión.

Juntos, exploran el área cercana.

—Miren eso, parece una cabaña —señala Sofía, caminando hacia una estructura abandonada entre los árboles.

Dentro de la cabaña, encuentran mapas y algunas provisiones.

—Esto nos puede servir —dice una pasajera, Ana, revisando las provisiones.

Por la noche, mientras están en la cabaña, oyen ruidos extraños afuera.

—¿Escucharon eso? —pregunta Martín, otro pasajero, con un susurro temeroso.

—Sí, deberíamos hacer guardia en turnos —propone Jorge, mirando a los demás.

Carlos, mientras tanto, intenta reparar la radio del avión con herramientas limitadas.

—Esto podría llevar tiempo —murmura, concentrado en su tarea.

Sofía, curioseando entre unas cosas viejas en un rincón, encuentra un diario polvoriento.

—Chicos, encontré un diario. Parece antiguo y tiene entradas muy extrañas —dice Sofía, hojeando las páginas iluminada por la luz de una linterna.

Todos se acercan para ver el diario. Sofía lee en voz alta una entrada:

—"Nos observan. No son como nosotros. Cuidado con la selva" —recita con una voz inquieta.

Todos se miran con nerviosismo, sintiendo la tensión del misterio que los rodea.

—Necesitamos estar juntos y alertas —dice Carlos, mirando hacia la oscura selva.

Desde la distancia, una figura misteriosa los observa, escondida entre las sombras de los árboles gigantes.

- Aterrizar - To land
- Avión - Airplane
- Cabaña - Cabin
- Cuidadosos - Careful
- Descienden - They descend
- Diario - Diary
- Emergencia - Emergency
- Entradas - Entries
- Falla - Failure
- Figura - Figure
- Guardia - Guard
- Instrumentos - Instruments
- Linterna - Flashlight
- Mecánica - Mechanical (referring to mechanics)
- Pasajeros - Passengers

- Provisiones - Supplies
- Selva - Jungle

Secretos del Bosque

Carlos sigue con la radio. Los demás salen de la cabaña.

—Voy a ver si puedo hacer algo con esta radio. Ustedes exploren un poco, pero con cuidado —dice Carlos, concentrado en su trabajo.

Sofía, Ana, Martín y Jorge caminan por el bosque.

—Mira, hay restos de otros aviones aquí —señala Jorge, sorprendido.

—Y qué son estas cosas raras... artefactos, tal vez —dice Sofía, mirando objetos extraños entre los restos.

Sofía saca el diario y lee un poco más.

—Dice aquí sobre una tribu desconocida en esta zona —informa a los demás.

Martín, un poco asustado, murmura:

—Creo que vi sombras moviéndose entre los árboles.

—Debemos tener mucho cuidado —advierte Jorge, mirando alrededor.

Encuentran una estructura extraña que parece un altar.

—Esto parece un lugar de rituales —comenta Ana, observando el altar.

De vuelta en la cabaña, descubren que hay objetos personales que no son suyos.

—¿De quién serán estas cosas? —pregunta Sofía, examinando los objetos.

Durante la noche, oyen gritos distantes.

—¿Escucharon eso? Son gritos —dice Martín, nervioso.

—Mañana debemos buscar un lugar más abierto, quizás sea más seguro —propone Ana.

Al día siguiente, mientras buscan un nuevo lugar, encuentran dibujos en las rocas.

—Estos dibujos parecen mapas —dice Jorge, intentando descifrarlos.

Pero tienen otro problema: la comida empieza a escasear.

—Tenemos que encontrar comida pronto —dice Sofía con preocupación.

Esa noche, Ana se siente mal.

—No me siento bien, chicos —dice Ana, pálida y débil.

La tensión aumenta mientras la salud de Ana empeora.

—Debemos hacer algo, Ana está muy enferma —insiste Martín.

De repente, el cielo se oscurece y se oye el sonido de una tormenta acercándose.

—Esto se complica con la tormenta —dice Jorge, mirando al cielo preocupado.

De vuelta en la cabaña, la radio de Carlos comienza a emitir sonidos extraños.

—¡Está funcionando! Pero, ¿qué son esos sonidos? —exclama Carlos, confundido por los ruidos que emite la radio.

Todos se reúnen alrededor de Carlos, escuchando los sonidos inquietantes que vienen de la radio, preguntándose qué significarán.

- Acercándose - Approaching
- Altar - Altar
- Artefactos - Artifacts
- Cabaña - Cabin
- Complicado - Complicated
- Dibujos - Drawings

- Escasear - To become scarce
- Estructura - Structure
- Explorar - To explore
- Gritos - Screams
- Mapas - Maps
- Objetos - Objects
- Rituales - Rituals
- Sonidos - Sounds
- Tensión - Tension
- Tribu - Tribe
- Tormenta - Storm

La Caza

La tormenta comienza fuerte. El grupo corre a refugiarse en la cabaña.

—¡Rápido, adentro! —grita Carlos mientras el viento sopla con fuerza.

Un gran árbol cae cerca de la cabaña con un ruido tremendo.

—¡Eso estuvo cerca! —exclama Jorge, asustado.

Mientras la tormenta ruge, notan que algunas de sus provisiones han desaparecido.

—Alguien o algo ha robado nuestra comida —dice Sofía, mirando el lugar vacío.

Carlos y Sofía salen con linternas a seguir las huellas dejadas en el barro.

—Mira, aquí van... —dice Carlos, señalando las huellas.

Encuentran un collar extraño en el suelo.

—¿Qué será esto? Tiene símbolos raros —comenta Sofía, examinando el collar.

De vuelta en la cabaña, el grupo discute qué hacer.

—No podemos quedarnos aquí si nos roban la comida —dice Ana, preocupada.

—Es verdad. Cuando pare la tormenta, busquemos ayuda —propone Carlos.

Al día siguiente, se ponen en marcha pero se sienten observados.

—Siento como si alguien nos mirara —susurra Jorge, nervioso.

En el bosque, encuentran trampas extrañas que no parecen hechas por humanos.

—Esto es muy extraño... ¿quién o qué haría esto? —pregunta Sofía.

De repente, se dan cuenta de que Martín no está con ellos.

—¿Dónde está Martín? —grita Jorge, alarmado.

Buscan a Martín desesperadamente y encuentran su mochila junto a un arroyo, pero no hay señales de él.

—¡Martín! ¿Dónde estás? —llaman, pero sin respuesta.

Mientras buscan, descubren pinturas nuevas en unas rocas.

—Estas pinturas son diferentes, más detalladas —observa Sofía.

Ana se siente cada vez peor.

—Necesito algo para la fiebre, me siento muy mal —dice Ana, temblando.

Carlos intenta usar la radio para pedir ayuda.

—¿Hola? ¿Hay alguien? —pregunta en la radio, pero solo escucha voces distorsionadas e ininteligibles.

Al caer la noche, el ambiente se tensa aún más.

—¿Escucharon eso? Algo grande está moviéndose cerca —susurra Jorge, asustado.

Todos se quedan en silencio, escuchando los sonidos de la criatura misteriosa que ronda su campamento, preguntándose qué les deparará la oscuridad del bosque.

- Arroyo - Stream
- Barro - Mud
- Collar - Necklace
- Desaparecido - Disappeared
- Distorsionadas - Distorted
- Fiebre - Fever
- Huellas - Footprints
- Ininteligibles - Unintelligible
- Linternas - Flashlights
- Mochila - Backpack
- Pinturas - Paintings
- Provisiones - Provisions
- Refugiarse - To take shelter
- Ruido - Noise
- Símbolos - Symbols
- Tormenta - Storm
- Trampas - Traps

Revelaciones

Por la mañana, el grupo encuentra una sorpresa fuera de la cabaña.

—Miren, alguien dejó comida y medicina —dice Sofía, señalando los objetos en el suelo.

—¿Quién habrá sido? —pregunta Jorge, mirando a su alrededor.

Deciden que si la figura misteriosa reaparece, la seguirán.

—Tenemos que averiguar quién nos ayuda —afirma Carlos.

Mientras caminan por el bosque, encuentran más signos de humanos y restos de rituales antiguos.

—Esto es extraño. Hay huesos y cenizas —comenta Ana, observando el lugar.

De repente, una criatura extraña aparece y los asusta.

—¡Ahí! ¿Qué es eso? —grita Martín, señalando.

La figura misteriosa aparece, haciendo gestos para que se calmen.

—Nos está pidiendo que lo sigamos —dice Sofía, interpretando los gestos.

Los lleva por un sendero oculto hasta unas ruinas antiguas.

—Estas ruinas parecen muy viejas, como un lugar de culto —explica Jorge, mirando alrededor.

Exploran el lugar y encuentran artefactos que sugieren rituales antiguos.

—Mira esto, parece un cuchillo ceremonial —señala Carlos, examinando un artefacto.

Encuentran una sala con murales que cuentan una historia de conflicto y redención.

—Estos murales son increíbles. Cuentan una historia antigua —dice Sofía, impresionada.

La figura misteriosa les señala un mural específico y luego desaparece.

—Nos mostró esto por alguna razón —dice Ana, pensativa.

Descubren que la tribu local parece tener un pacto con una entidad misteriosa.

—Parece que esta tribu hizo un trato con algo... no humano —murmura Jorge.

De repente, la figura regresa con un grupo de indígenas que parecen hostiles.

—Creo que estamos en problemas —dice Carlos, preocupado.

Los indígenas los capturan y los llevan ante un anciano de la tribu.

—Han perturbado un equilibrio sagrado con su presencia —explica el anciano con seriedad.

El anciano les ofrece una condición.

—Les permitiremos irnos, pero no deben regresar jamás —dice con una mirada firme.

El grupo, aliviado pero aún nervioso, acepta la condición, preguntándose cómo saldrán de la selva sin más conflictos.

- Anciano - Elder
- Artefactos - Artifacts
- Averiguar - To find out
- Cenizas - Ashes
- Ceremonial - Ceremonial
- Cuchillo - Knife
- Equilibrio - Balance
- Figura - Figure
- Gestos - Gestures
- Huesos - Bones
- Indígenas - Indigenous people
- Murales - Murals
- Pacto - Pact
- Redención - Redemption
- Ruinas - Ruins
- Sendero - Path
- Tribu - Tribe

La Noche de Decisiones

El grupo está sentado alrededor de la cabaña, mirando el avión dañado.

—No podemos reparar el avión —dice Carlos con seriedad—. Necesitamos otro plan.

—¿Y si intentamos buscar ayuda río abajo? —sugiere Jorge, mirando hacia el río cercano.

—Buena idea. Podemos hacer una balsa —responde Sofía, pensativa.

Comienzan a preparar provisiones y herramientas para el viaje.

—Encontré en el diario algo sobre un puesto de guardaparques al sur —dice Sofía, mostrando el diario.

Mientras trabajan, oyen tambores en la distancia.

—Esos tambores... no son un buen signo —comenta Ana, nerviosa.

Carlos mira el cielo que se oscurece.

—Deberíamos movernos de noche para evitar que nos vea la tribu —propone.

Todos asienten, pero están preocupados por Ana, que se ve cada vez más enferma.

—Ana, ¿podrás viajar así? —pregunta Sofía, preocupada.

—Tengo que intentarlo —responde Ana débilmente.

Mientras recogen sus cosas, encuentran huellas frescas cerca del campamento.

—Están vigilándonos —dice Jorge, observando las huellas.

—Vamos a dejar señales falsas en otra dirección —sugiere Carlos, empezando a hacer marcas en el suelo.

Cuando cae la noche, cargan a Ana en una camilla improvisada y se dirigen al río.

—Espero que esto funcione —dice Martín, mirando hacia atrás nerviosamente.

Durante la caminata, pasan por restos de otros intentos de escape.

—No somos los primeros que intentan huir —comenta Jorge, señalando los restos.

El sonido de los tambores se hace más fuerte, empujándolos a moverse más rápido.

Finalmente, llegan al río y construyen una balsa con rapidez.

—Todos ayuden. Necesitamos terminar esto rápido —ordena Carlos.

Justo cuando terminan, son atacados sorpresivamente.

—¡Cuidado! —grita Sofía, mientras todos toman palos y piedras para defenderse.

Después de un breve enfrentamiento, logran repeler el ataque.

—¡Rápido, al agua! —grita Carlos, empujando la balsa al río.

El grupo salta a la balsa, comenzando así su huida río abajo bajo la luz de la luna, mientras los sonidos de los tambores resuenan en la noche.

- Atacados - Attacked
- Balsa - Raft
- Camilla - Stretcher
- Cargan - They load
- Débilmente - Weakly
- Enfrentamiento - Confrontation
- Guardaparques - Park ranger
- Huida - Escape
- Improvisada - Improvised
- Intentarlo - To try it
- Movernos - To move ourselves
- Palos - Sticks
- Repeler - To repel
- Restos - Remains
- Señales - Signals
- Tambores - Drums
- Vigilándonos - Watching us

El Final Inevitable

La balsa se mueve lentamente río abajo. El grupo está cansado pero alerta.

—Debemos seguir adelante, aunque estemos cansados —dice Carlos, remando con fuerza.

La noche en la selva es ruidosa y confusa.

—Esos sonidos... no sé si son animales o algo peor —dice Jorge, mirando nervioso a su alrededor.

Notan marcas y símbolos de la tribu en las rocas a lo largo del río.

—Nos están siguiendo... o nos están guiando —murmura Sofía con preocupación.

Carlos intenta levantar el ánimo con historias de lugares lejanos.

—Una vez, en África, vi un elefante tan grande como... —comienza, pero su historia se corta por la preocupación en los rostros de sus amigos.

Ana, muy débil, comparte su tristeza:

—Siempre quise viajar más. Ver más del mundo, no solo esto —dice con una voz apenas audible.

Al amanecer, el río se hace más ancho, pero hay menos lugares donde esconderse.

—Estamos muy expuestos aquí —dice Martín, mirando el cielo abierto con temor.

De repente, la balsa choca con rocas ocultas.

—¡Cuidado! —grita Jorge.

La balsa se daña, y tienen que parar para repararla.

—Vamos a la orilla, rápido —ordena Carlos, dirigiendo la balsa dañada.

Mientras intentan reparar la balsa, Sofía ve figuras moviéndose entre los árboles.

—No estamos solos aquí. Hay alguien... o algo —susurra, señalando hacia el bosque oscuro.

—Es una trampa. Nos han llevado justo a donde querían —dice Carlos, comprendiendo la situación.

Intentan desesperadamente encontrar otro camino, pero el río no ofrece alternativas.

—No hay salida. Estamos atrapados en su territorio —dice Jorge, resignado.

La tribu los alcanza rápidamente con canoas.

—Es el fin. Nos tienen —dice Martín, bajando el remo.

Los líderes de la tribu se acercan y hablan con seriedad.

—Han perturbado nuestra tierra. Deben aceptar las consecuencias —declara el líder con voz firme.

El grupo, sin opciones, se rinde y es llevado a tierra. Se enfrentan a los ojos curiosos y serios de la tribu, sabiendo que ahora deben enfrentar las consecuencias de sus acciones en este lugar remoto y sagrado.

- Acepta - Accepts
- Africanos - Africans
- Canoas - Canoes
- Consecuencias - Consequences
- Dañada - Damaged
- Desesperadamente - Desperately
- Exponer - To expose
- Lanzar - To throw, to launch
- Marcas - Marks, brands
- Moverse - To move oneself
- Navegar - To navigate
- Ocultar - To hide
- Perturbar - To disturb
- Rendirse - To surrender
- Reparar - To repair
- Resignar - To resign
- Seriedad - Seriousness

El Secreto del Tiempo

El descubrimiento

Mario trabaja en una biblioteca vieja. Un día, mientras ordena algunos libros en un rincón olvidado, encuentra un libro muy antiguo. Está cubierto de polvo y parece muy especial.

—Hola, ¿qué tenemos aquí? —dice Mario, mirando el libro con curiosidad.

El libro tiene tapas de piel y letras doradas. Mario lo abre y nota algo muy raro: las páginas cambian mientras las mira.

—¿Estoy viendo bien? —se pregunta Mario en voz alta.

Leyendo, descubre algo asombroso: el libro muestra cosas que aún no han pasado. Mario lee sobre un accidente pequeño que ocurrirá cerca de la biblioteca. Decide ir al lugar para ver si es verdad.

—Voy a ver si esto pasa de verdad —dice Mario, saliendo de la biblioteca.

Al llegar, ve exactamente lo que el libro describió: un accidente pequeño pero exacto. Mario se siente emocionado pero también un poco asustado.

—Esto es increíble, pero... ¿es seguro? —piensa Mario.

Decide llevar el libro a su casa y esa noche tiene sueños extraños sobre el libro. Al día siguiente, va a buscar más información sobre este libro misterioso en los registros antiguos de la biblioteca.

—Este libro fue donado hace muchos años, de forma anónima —descubre leyendo un viejo documento.

Encuentra también una nota de un bibliotecario anterior que advierte sobre el libro.

—"Usar con cuidado", ¿qué significa eso? —murmura Mario preocupado.

A pesar de la advertencia, Mario piensa que puede usar el libro para ayudar a las personas. Empieza a prevenir pequeños accidentes y problemas. Todo va bien al principio, pero luego, empieza a sentirse muy cansado y enfermo cada vez que usa el libro.

—Quizás debería parar —dice Mario a sí mismo—. Pero, ¿y si puedo ayudar a más gente?

El primer capítulo cierra con Mario en un dilema, sintiéndose debilitado pero tentado por el poder de ayudar a otros gracias al libro.

- Accidente - Accident
- Advierte - Warns
- Anónima - Anonymous
- Bibliotecario - Librarian
- Cambian - Change
- Debilitado - Weakened
- Descubre - Discovers
- Dilema - Dilemma
- Dorado - Golden
- Emocionado - Excited
- Enfermo - Sick
- Increíble - Incredible
- Ocurre - Happens
- Polvo - Dust
- Prevenir - To prevent
- Tentado - Tempted
- Usar - To use

Consecuencias

Mario empieza a usar el libro mucho. Se siente mal pero no puede parar.

—Mario, te ves mal. ¿Estás bien? —pregunta Luis, su amigo.

—Estoy bien, Luis, no te preocupes —responde Mario, pero no se ve bien.

Un día, Luis visita a Mario y lo encuentra desmayado en el suelo, el libro abierto al lado.

—¡Mario! ¿Qué pasa? —grita Luis, tratando de despertarlo.

Mario abre los ojos lentamente.

—Luis, tengo que contarte algo sobre este libro —dice Mario, aún en el suelo.

—¿El libro? ¿Qué tiene ese libro? —pregunta Luis, preocupado.

Mario le cuenta a Luis que el libro puede predecir el futuro, pero usarlo le hace sentir muy mal.

—Necesitamos averiguar cómo parar estos efectos malos —dice Luis, decidido.

Juntos, buscan información y descubren que cada vez que Mario usa el libro, pierde parte de su vida.

—Mario, debes dejar de usar este libro. Es peligroso —insiste Luis.

—Lo sé, pero puedo ayudar a la gente con él —responde Mario, tentado por el poder del libro.

Luego, Mario ve en el libro que habrá un gran incendio en una escuela local.

—Tengo que hacer algo, Luis. Puedo salvar a los niños —dice Mario, decidido.

A pesar de los riesgos, Mario va a la escuela y ayuda a evacuar a todos los niños antes de que el incendio empeore. Salva a muchos, pero su salud se deteriora más.

—¡Debemos destruir este libro, Mario! —exclama Luis, viendo a Mario tan débil.

—No puedo, Luis. Este libro es importante —dice Mario, negándose a destruirlo.

Pronto, comienzan a recibir mensajes anónimos que les dicen que dejen el libro.

—¿Quién nos está enviando estos mensajes? —se pregunta Luis.

Descubren que hay un grupo secreto que quiere el libro para ellos.

—Debemos esconder el libro donde nadie pueda encontrarlo — dice Mario, preocupado.

Hacen un plan para esconder el libro, pero justo cuando están por actuar, algo malo pasa. Luis es secuestrado por personas desconocidas.

—¡Luis! —grita Mario, pero es demasiado tarde.

El capítulo termina con Mario preocupado y solo, sin saber qué hacer para rescatar a su amigo y proteger el peligroso libro.

- Anónimos - Anonymous
- Contarte - Tell you
- Desmayado - Fainted
- Deteriora - Deteriorates
- Efectos - Effects
- Escuela - School
- Esconder - To hide
- Futuro - Future
- Incendio - Fire
- Malos - Bad
- Mensaje - Message
- Peligroso - Dangerous
- Predecir - To predict
- Proteger - Protect
- Secuestrado - Kidnapped
- Secreto - Secret
- Tentado - Tempted

La búsqueda

Mario está muy preocupado por su amigo Luis. Decide usar el libro para encontrar pistas sobre dónde puede estar Luis.

—Vamos, libro, muéstrame dónde está Luis —dice Mario, ansioso.

En el libro, Mario ve una imagen de Luis en una casa vieja y abandonada. Decide ir rápidamente a ese lugar.

—Debo encontrar a Luis —se dice a sí mismo mientras conduce.

Cuando llega, encuentra a Luis, pero todo es una trampa.

—¡Mario, cuidado! —grita Luis cuando Mario entra.

De repente, hombres desconocidos los rodean y los capturan.

—Bienvenidos —dice el líder del grupo, mirándolos seriamente—. Este libro es muy especial.

El líder les explica que el libro fue creado por alquimistas antiguos y se alimenta de la vida de las personas que lo usan.

—No podemos dejar que sigan usándolo —dice el líder.

Mario y Luis son encerrados en un cuarto oscuro mientras los hombres buscan el libro.

—Tenemos que salir de aquí, Luis —dice Mario, buscando una salida.

Aprovechando una distracción fuera, logran escapar. Durante la fuga, encuentran unos documentos importantes.

—Mira, Luis, estos papeles dicen cómo podemos destruir el libro —explica Mario, leyendo rápidamente.

Los documentos hablan de una "Piedra del Olvido" que puede neutralizar el poder del libro.

—Debemos encontrar esa piedra —decide Luis.

Escapan a la ciudad y van a un museo antiguo donde, según los documentos, está la piedra.

—Allí está, la Piedra del Olvido —dice Mario, señalando una vitrina.

Logran tomar la piedra, pero el grupo los persigue de nuevo.

—¡Corre, Luis! —grita Mario.

Durante la persecución, Luis se cae y se lastima gravemente.

—Debo enfrentarlos para proteger a Luis —decide Mario, parándose firme.

Mario usa el libro una vez más para prever los movimientos del grupo y logra esquivarlos con éxito.

—Vamos, Luis, te llevaré a un lugar seguro —dice Mario, ayudando a Luis a levantarse.

El capítulo termina con Mario y Luis, con la piedra en mano, escondiéndose y preparándose para el próximo desafío.

- Alquimistas - Alchemists
- Capturan - They capture
- Cuadro - Room
- Desafío - Challenge
- Distracción - Distraction
- Encerrados - Locked up
- Esquivarlos - To dodge them
- Lastima - He hurts
- Neutralizar - To neutralize
- Olvido - Forgetfulness
- Persecución - Pursuit
- Piedra - Stone
- Prever - To foresee
- Trampa - Trap
- Vitrina - Display case
- Viven - They live

El sacrificio

Mario lleva rápidamente a Luis al hospital. Después, vuelve a su casa con el libro y la piedra.

—Ahora tengo que preparar el ritual para destruir este libro —dice Mario, mirando los documentos.

Empieza a organizar todo para el ritual, cuando de repente, el grupo secreto llega a su casa.

—¡Queremos el libro ahora! —gritan, rompiendo la puerta.

Mario no espera y comienza el ritual de destrucción.

—Tienes que funcionar, Piedra del Olvido —dice, colocando la piedra cerca del libro.

El libro empieza a liberar una energía oscura, tratando de protegerse.

—No me detendrás —dice Mario con determinación, continuando el ritual.

La casa empieza a desmoronarse por la energía oscura, pero Mario no se mueve.

El líder del grupo intenta detener a Mario.

—¡Deja eso! —grita, empujando a Mario.

Se enfrentan en una lucha intensa. Mario recibe varios golpes.

—Debo terminar esto —piensa Mario, luchando con dolor.

A pesar de estar herido, Mario completa el ritual. La Piedra del Olvido brilla y absorbe el libro, quitándole todos sus poderes.

—¡No! —grita el líder del grupo, mientras la energía oscura lo envuelve y cae al suelo, sin vida.

Mario, con muchas heridas, sale de los escombros de su casa. Va directamente al hospital para estar con Luis.

—Luis, lo logré. El libro ya no es una amenaza —dice Mario, aunque Luis aún no despierta.

Mario escribe en un diario todo sobre el libro y los peligros de usar tales artefactos.

—Espero que nadie tenga que pasar por esto otra vez —escribe con una mano temblorosa.

Mario, muy débil y herido, se queda junto a la cama de Luis. Al final del capítulo, Mario cierra sus ojos lentamente, dejando el diario como su último legado.

- Absorbe - Absorbs
- Artefactos - Artifacts
- Desmoronarse - To crumble
- Determinación - Determination
- Energía - Energy
- Envuelve - Envelops
- Heridas - Wounds
- Intensa - Intense
- Liberar - To release
- Oscura - Dark
- Peligos - Dangers
- Protegerse - To protect oneself
- Ritual - Ritual
- Rompiedo - Breaking
- Terminar - To finish
- Tremblorosa - Trembling

Después de la tormenta

El hospital donde está internado Luis recibe el diario de Mario.

—Mira, Luis, te trajeron algo —dice una enfermera, entregándole el diario.

Luis despierta y lee el diario, descubriendo todo lo que Mario hizo por él y por detener el libro.

—Mario, amigo mío, hiciste tanto por todos —susurra Luis, emocionado.

Decidido a honrar la memoria de su amigo, Luis recoge los documentos y la piedra del Olvido.

—No dejaremos que todo tu sacrificio sea en vano, Mario —dice Luis, apretando la piedra con fuerza.

Luis decide investigar más sobre el grupo secreto para evitar futuros problemas.

—Tenemos que asegurarnos de que esto no vuelva a suceder —dice Luis, decidido.

Encuentra conexiones del grupo con organizaciones ocultistas internacionales.

—Esto es más grande de lo que pensábamos —comenta Luis, sorprendido por lo que descubre.

Trabaja con autoridades para exponer y desmantelar el grupo.

—Necesitamos detenerlos antes de que hagan más daño —dice Luis, hablando con la policía.

En el proceso, Luis se convierte en un experto en artefactos antiguos y ocultismo.

—Cada día aprendo algo nuevo sobre este mundo secreto —dice Luis, maravillado.

Ayuda a crear una organización dedicada a proteger tales objetos.

—Debemos proteger estas reliquias para que no caigan en manos equivocadas —explica Luis a sus compañeros.

Luis da conferencias sobre los peligros y la historia del libro.

—La gente debe saber lo peligroso que puede ser el deseo de poder —dice Luis, hablando frente a una audiencia.

La historia de Mario se publica en varios medios, advirtiendo sobre la codicia y el poder.

—Tu historia llegó a mucha gente, Mario. Tu sacrificio no será olvidado —dice Luis, mirando al cielo.

Luis enfrenta múltiples desafíos y amenazas, pero sigue firme.

—No voy a dejar que el legado de Mario sea en vano —dice Luis, decidido.

Eventualmente, forma una red de protección global con otros expertos.

—Juntos, podemos proteger el mundo de los peligros ocultos —dice Luis, uniendo fuerzas con otros protectores.

Aunque Luis ha salvado muchas vidas, siente el peso de la pérdida de Mario.

—Te extraño, amigo mío. Ojalá estuvieras aquí para ver todo lo que logramos —susurra Luis, mirando una foto de Mario.

Al final del capítulo, Luis visita la tumba de Mario para reportar sus logros.

—Gracias por todo, Mario. Siempre serás mi héroe —dice Luis, dejando una flor en la tumba.

Se revela que Luis guarda la Piedra del Olvido, esperando nunca tener que usarla.

—Esperemos que nunca tengamos que enfrentar otra amenaza como esa —dice Luis, guardando la piedra con cuidado.

- Autoridades - Authorities
- Conferencias - Conferences
- Conexiones - Connections
- Dedicada - Dedicated
- Desmantelar - Dismantle
- Entregándole - Delivering (to him)
- Exponer - To expose
- Internado - Hospitalized
- Internacionales - International
- Maravillado - Amazed
- Memoria - Memory
- Ocultismo - Occultism
- Organizaciones - Organizations
- Proteger - To protect

- Reliquias - Relics
- Tumba - Tomb
- Vano - In vain

El legado

Años después, Luis es reconocido como un protector de lo paranormal.

—¡Luis, eres increíble! —exclama un admirador, estrechando la mano de Luis.

Ha prevenido muchos intentos de recrear libros similares al "Libro del Destino".

—Debemos asegurarnos de que nadie más caiga en la trampa de ese libro —dice Luis a su equipo.

Luis recibe una oferta para escribir un libro sobre sus experiencias.

—Será un honor compartir mi historia con el mundo —dice Luis, emocionado.

Durante la escritura, descubre que el libro de Mario podría no ser el único de su tipo.

—¿Podría haber más libros como este? —se pregunta Luis, sorprendido.

Investiga rumores sobre un libro similar en otro país.

—Tengo que investigar esto de cerca —dice Luis a su equipo.

Viaja para investigar, encontrando indicios de un artefacto con características parecidas.

—Creo que estoy cerca de encontrarlo —susurra Luis, emocionado.

Luis intenta asegurar el libro antes de que caiga en manos equivocadas.

—Este libro no puede caer en manos de personas malvadas — dice Luis, decidido.

Durante su misión, descubre que el grupo secreto ha resurgido.

—Pensé que los habíamos detenido, pero parece que volvieron —dice Luis, preocupado.

Se enfrenta a nuevos miembros del grupo en una batalla por el artefacto.

—No me detendrán, protegeré este libro —grita Luis, luchando con determinación.

Logra obtener el libro, pero al costo de heridas serias.

—Vale la pena si significa proteger a la humanidad —dice Luis, sintiendo el dolor en su cuerpo.

Vuelve a su país, debilitado y preocupado por el resurgimiento del grupo.

—Tenemos que estar preparados para lo que viene —dice Luis a su equipo, pensando en el futuro incierto.

Decide preparar a su equipo para enfrentar futuras amenazas.

—Juntos, podemos enfrentar cualquier cosa que se nos presente —dice Luis, animando a su equipo.

En el climax, Luis usa el libro para ver el futuro, buscando cómo derrotar al grupo permanentemente.

—Debemos detenerlos de una vez por todas —dice Luis, concentrándose en el libro.

La visión le muestra un futuro sombrío y sin esperanza, plagado de conflictos y desastres.

—Es peor de lo que pensaba. Tenemos mucho trabajo por hacer —dice Luis, preocupado por lo que ha visto.

El capítulo y la historia terminan con Luis cerrando el libro, contemplando si el conocimiento del futuro es más una maldición que una bendición, y se prepara para enfrentar lo que viene, protegiendo lo que queda de la humanidad.

—No importa lo que traiga el futuro, estaremos listos para enfrentarlo juntos —dice Luis, cerrando el libro con determinación.

- Admirador - Admirer
- Artefacto - Artifact
- Batalla - Battle
- Debilitado - Weakened
- Determinación - Determination
- Emocionado - Excited
- Enfrentar - To confront
- Heridas - Wounds
- Indicios - Indications
- Investigar - To investigate
- Manos equivocadas - Wrong hands (expression indicating incorrect or dangerous control)
- Misión - Mission
- Prevenido - Prevented
- Protector - Protector
- Resurgimiento - Resurgence
- Rumores - Rumors

La Sombra de la Entrevista

Una oferta intrigante

—Hola, Marta. ¿Cómo estás? —pregunta Luis mientras toman café en la cocina.

—Bien, gracias. Mañana tengo una entrevista en Innovaciones Delta. Estoy nerviosa —responde Marta, moviendo su taza de café.

—¿Innovaciones Delta? He oído hablar de esa empresa, pero es muy secreta. ¿Qué sabes de ellos? —Luis frunce el ceño, curioso.

—No mucho, la verdad. Su página web es básica y no dicen mucho sobre lo que hacen. Pero el trabajo parece increíble, y el sueldo es bueno —dice Marta con una sonrisa nerviosa.

—Suena bien, pero ten cuidado, Marta. Es extraño que no haya mucha información sobre ellos —Luis mira a su hermana con preocupación.

—Sí, lo sé. Pero es una oportunidad grande para mí. —Marta trata de parecer confiada.

—Ok, solo prométeme que me llamarás en cuanto termines la entrevista, ¿de acuerdo? —insiste Luis.

—Prometido. Te llamo sin falta y te cuento todo —Marta sonríe, intentando aliviar la tensión.

Al día siguiente, Marta se prepara para la entrevista. Viste su mejor ropa y revisa su currículum una vez más. Antes de salir, coge su teléfono y envía un mensaje rápido a Luis: "Voy para allá. Hablamos pronto. Besos."

Llegando a la empresa, el edificio es impresionante: grande y moderno, con un logo de Innovaciones Delta brillando en la entrada. Marta siente una mezcla de emoción y nerviosismo. Entra y se dirige a la recepción.

—Buenos días, vengo por una entrevista de trabajo. Soy Marta Ruiz —dice con voz firme.

—Buenos días, Marta. Bienvenida a Innovaciones Delta. Por favor, entrega tu teléfono y cualquier objeto personal aquí. Es nuestra política durante las entrevistas —explica la recepcionista, señalando un pequeño armario a su lado.

Marta obedece, aunque se siente un poco incómoda al entregar su teléfono. La recepcionista le sonríe y le indica que siga a un asistente que la llevará a la sala de entrevistas.

—Suerte, Marta —dice la recepcionista mientras Marta se aleja.

Siguiendo al asistente a través de un pasillo largo y silencioso, Marta intenta calmar sus nervios, recordando prometer a Luis que lo llamaría justo después de la entrevista. No sabe que, muy pronto, esa promesa sería difícil de cumplir.

- Aliviar - To relieve, ease
- Asistente - Assistant
- Confíada - Confident (feminine form)
- Currículum - Resume, CV
- Entregar - To hand over, deliver
- Firme - Firm, steady
- Fronce - Frowns (from "fruncir")
- Impresionante - Impressive
- Increíble - Incredible
- Nerviosismo - Nervousness
- Objeto - Object
- Parecer - To seem, appear
- Política - Policy
- Prometer - To promise
- Recepcionista - Receptionist
- Siguiendo - Following (from "seguir")
- Sueldo - Salary

La investigación comienza

Luis está en su casa frente al computador. Busca información sobre personas desaparecidas después de entrevistas en Innovaciones Delta. Encuentra casos similares. Todos desaparecen el mismo día de la entrevista.

—Esto no es una coincidencia —murmura Luis, preocupado.

Decide llamar a las familias de los desaparecidos. Marca el primer número.

—Hola, soy Luis, periodista. Estoy investigando desapariciones relacionadas con Innovaciones Delta. ¿Puedo hacerle algunas preguntas?

—Lo siento, no quiero hablar —responde una voz asustada y cuelga.

Luis siente frustración, pero sigue intentando. Muchas llamadas después, nadie quiere hablar. Todos tienen miedo.

Entonces, recuerda a un ex-empleado de la empresa que dejó su trabajo hace poco. Luis lo encuentra en redes sociales y le envía un mensaje.

—Hola, vi que trabajaste en Innovaciones Delta. Necesito información sobre la empresa. ¿Podemos hablar en secreto?

—Está bien, pero en un lugar seguro —responde el ex-empleado.

Se encuentran en un café pequeño y apartado.

—Gracias por venir. ¿Qué puedes decirme sobre la empresa? —pregunta Luis.

—Era un lugar extraño. Siempre nos sentíamos observados. Había áreas a las que no podíamos entrar —dice el hombre, mirando a su alrededor nerviosamente.

—¿Sabes algo sobre experimentos o pruebas especiales? —Luis se inclina hacia adelante, interesado.

—No mucho, solo rumores. Decían que hacían cosas raras en el sótano —el hombre baja la voz.

Luis anota todo y decide escribir un artículo preliminar sobre sus descubrimientos. Publica el artículo en línea para atraer más atención.

Al día siguiente, Luis recibe llamadas anónimas.

—Deja de investigar si sabes lo que te conviene —dice una voz fría y cuelga.

A pesar del miedo, Luis está más decidido. Usa el GPS para encontrar la última ubicación de Marta. Llega a un almacén viejo y apartado. Dentro, encuentra papeles y documentos, pero están incompletos y censurados. Solo aumentan el misterio.

Cuando sale del almacén, nota que alguien lo sigue. Una figura oscura lo observa desde lejos. Luis corre hacia su coche y se va rápido.

De vuelta en casa, Luis examina los documentos con más cuidado. Descubre referencias a un proyecto gubernamental. Algo grande está sucediendo, y es más peligroso de lo que pensó.

—Tengo que seguir con esto. Es importante —se dice a sí mismo, decidido a descubrir la verdad.

- Almacén - Warehouse
- Apartado - Secluded, remote
- Censurados - Censored (plural form)
- Desapariciones - Disappearances
- Descubrimientos - Discoveries
- Documentos - Documents
- Experimentos - Experiments
- Gubernamental - Governmental
- Incompletos - Incomplete (plural form)
- Misterio - Mystery
- Observados - Observed (plural form)
- Periodista - Journalist
- Preliminar - Preliminary
- Pruebas - Tests, evidence
- Rumores - Rumors
- Secreto - Secret (used as a noun)
- Ubicación - Location

Encuentros y Advertencias

Luis sigue buscando información. Contacta a más ex-empleados de Innovaciones Delta por internet. Uno de ellos accede a ayudar y le da un disco duro con datos cifrados.

—Es muy importante, pero está protegido. Necesitas descifrarlo —dice el ex-empleado en un café.

—Gracias, haré lo que pueda —responde Luis, tomando el disco.

De vuelta en su casa, Luis intenta abrir el disco duro. Mientras trabaja, nota que unas personas lo observan desde un coche afuera.

—Algo no está bien —piensa Luis y decide ser más cuidadoso.

Llama a su amiga Ana, que sabe mucho de computadoras.

—Hola, Ana. Necesito ayuda con algo muy serio. ¿Puedes venir?

—Claro, Luis. Estaré allí en una hora —dice Ana.

Cuando Ana llega, le explica todo.

—Tenemos que tener mucho cuidado —dice Ana, preocupada.

Juntos, revisan los datos del disco duro. Encuentran información sobre experimentos en comportamiento humano.

—Esto es muy grave —dice Ana, mirando la pantalla.

Un día, mientras trabajan, reciben un mensaje anónimo.

—Dejen de investigar o habrá consecuencias —lee Luis en voz alta.

Esa noche, al salir de un supermercado, un hombre se les acerca.

—Deberían escuchar los consejos. No sigan con esto —dice el hombre antes de desaparecer.

Luis y Ana se miran, asustados.

—Tenemos que ser más cuidadosos. Cambiemos de lugar a menudo —sugiere Ana.

Logran descifrar más información del disco duro. Descubren pruebas de manipulación mental.

—Tenemos que hacer esto público. Es muy importante —dice Luis.

Preparan un informe detallado y deciden enviarlo a medios de comunicación. Pero se sienten vigilados todo el tiempo.

—Están en todas partes —dice Ana, nerviosa.

Organizan una reunión secreta con un periodista conocido.

—Es en un lugar seguro. Allí les daremos la información —explica Luis por teléfono.

En el camino a la reunión, un coche los sigue de cerca.

—¡Nos están siguiendo! —grita Ana, mirando por el espejo retrovisor.

Luis conduce rápido, tratando de perder el coche que los sigue.

—Tenemos que llegar a la reunión. Es nuestra única esperanza —dice Luis, concentrado en la carretera.

El coche que los persigue se acerca más. Luis y Ana sienten el peligro cada vez más cerca.

- Acercarse - To approach
- Cifrado - Encrypted
- Comportamiento - Behavior
- Consecuencias - Consequences
- Cuidadoso - Careful
- Descifrar - To decrypt
- Discos - Disks (as in "disk drives")
- Encuentran - They find (from "encontrar")
- Espejo - Mirror
- Manipulación - Manipulation
- Medios - Media (as in news media)
- Nerviosa - Nervous (feminine form)
- Observar - To watch, observe

- Periodista - Journalist
- Público - Public
- Retrovisor - Rearview mirror
- Siguiendo - Following (from "seguir")

La Trampa

Luis conduce rápido mientras Ana mira hacia atrás.

—Creo que los perdimos —dice Ana, aliviada.

Llegan a la reunión, pero el periodista no está.

—¿Dónde está? —pregunta Luis, mirando alrededor.

Reciben un mensaje en el teléfono de Ana.

—El periodista fue detenido. Tengan cuidado —lee Ana, preocupada.

—Necesitamos encontrar otro lugar para escondernos y pensar qué hacer —dice Luis rápidamente.

Se dirigen a un viejo almacén que conocía Luis. Allí se esconden. Mientras revisan los datos, notan una sombra fuera.

—Alguien nos siguió —susurra Ana.

Salen y confrontan al seguidor. Es otro periodista, que también investiga a la empresa.

—Quiero ayudar. Tengo un lugar seguro donde podemos trabajar —dice el nuevo periodista.

Juntos van al nuevo lugar, una oficina abandonada. Continúan trabajando en el informe y descifrando más datos. Encuentran vídeos impactantes.

—Mira esto, Ana. Son experimentos con los entrevistados —dice Luis, mostrando la pantalla.

En los vídeos, ven técnicas de control mental. De repente, Luis ve a Marta en uno de los vídeos.

—Es Marta... —Luis se queda sin palabras, confirmando lo peor.

—Tenemos que hacer algo, Luis. Tenemos que mostrar esto al mundo —dice Ana, decidida.

Juntos preparan un video documental con toda la evidencia. Planifican subirlo a internet.

—Esto puede cambiar todo —dice el otro periodista.

Justo cuando están por publicar el video, la luz se corta.

—¿Qué pasó? —grita Ana.

Escuchan ruidos en la entrada. Alguien está intentando entrar.

—Debemos proteger la información —dice Luis, buscando su teléfono con la linterna encendida.

Los tres se preparan para enfrentar lo que viene, sabiendo que la verdad es su mayor defensa.

- Abandonada - Abandoned (feminine form)
- Aliviada - Relieved (feminine form)
- Confrontan - They confront (from "confrontar")
- Cortarse - To be cut off (used in context with power or electricity)
- Detenido - Detained
- Documental - Documentary
- Encendida - Turned on (feminine form)
- Escondernos - To hide ourselves
- Escondidos - Hidden
- Impactantes - Shocking
- Linterna - Flashlight
- Perseguir - To chase, pursue
- Publicar - To publish
- Reunión - Meeting
- Seguidor - Follower
- Susurra - Whispers (from "susurrar")
- Técnicas - Techniques

La Verdad al Descubierto

Después de escapar, Luis, Ana y el periodista llegan a una casa rural lejos de la ciudad.

—Aquí estaremos seguros por un tiempo —dice el periodista, cerrando con llave.

Al día siguiente, van a un café cercano con conexión a internet segura. Publican el video documental.

—Espero que esto ayude a entender todo —dice Luis, mientras sube el video.

El video se viraliza rápidamente. La gente en internet comienza a compartirlo mucho.

—Mira, Luis, ya lo están viendo miles de personas —Ana señala la pantalla con emoción.

Pronto, medios de todo el mundo hablan sobre Innovaciones Delta. Reportan sobre los experimentos y las desapariciones.

—Nunca pensé que llegaría tan lejos —dice Ana, sorprendida.

Las autoridades anuncian investigaciones formales. Luis y Ana dan entrevistas.

—Queremos justicia para todos los afectados —dice Luis en una entrevista.

Pero no todo es positivo. Siguen recibiendo amenazas anónimas.

—Tenemos que ser cuidadosos, aún hay mucho en juego —advierte el periodista.

Investigando más, descubren vínculos entre la empresa y el gobierno.

—Esto es más grande de lo que pensábamos —dice Luis, mirando documentos.

Las investigaciones revelan corrupción y abuso de poder. Pero muchas pruebas desaparecen misteriosamente. Testigos clave se retractan o también desaparecen.

—Algo o alguien está interfiriendo —dice Ana, preocupada.

Las investigaciones no avanzan mucho. Faltan pruebas concretas.

—Parece que cada paso adelante, algo nos empuja dos pasos atrás —comenta el periodista.

Luis y Ana se dan cuenta de que la lucha contra la empresa y sus conexiones está lejos de terminar.

—Revelamos mucho, pero aún no es suficiente. La verdad completa sigue ahí fuera —Luis mira hacia la ventana, pensativo.

Aunque se sienten cansados y desilusionados, saben que han iniciado un cambio importante.

—A veces, mostrar una parte de la verdad es el primer paso para descubrir todo —reflexiona Ana, intentando encontrar algo de esperanza en su situación.

- Abuso - Abuse
- Afectados - Affected (plural form)
- Anuncian - They announce (from "anunciar")
- Aparecer - To appear, show up
- Autoridades - Authorities
- Comenta - Comments (from "comentar")
- Conexiones - Connections
- Corrupción - Corruption
- Descubren - They discover (from "descubrir")
- Desilusionados - Disillusioned (plural form)
- Formales - Formal, official (plural form)
- Interfiriendo - Interfering (from "interferir")
- Medios - Media (plural form)
- Misteriosamente - Mysteriously
- Pruebas - Evidence, proof
- Rectractar - To retract
- Vínculos - Links, ties

Sin Retorno

Luis sigue buscando a Marta. Mira mapas y documentos en su mesa, pero no encuentra nada nuevo.

—No hay nada más aquí —dice Luis, frustrado.

Su teléfono suena. Es una llamada anónima.

—Deja de buscar a Marta si quieres estar seguro —dice una voz y cuelga.

Luis se queda pensativo por un momento.

—No puedo dejarlo así. Tengo que seguir —se dice a sí mismo.

Decide visitar un antiguo sitio de experimentación de la empresa que ha sido clausurado. Allí, entre cosas viejas y polvo, encuentra una mochila. Es de Marta.

—Esto era de ella —dice Luis, con la voz quebrada.

En la mochila, hay una carta de Marta. En ella, Marta escribe sobre ser parte de algo muy grande y peligroso.

—Marta, ¿qué te hicieron? —Luis siente un dolor profundo.

Se da cuenta de que quizás nunca la vuelva a ver. Decide escribir un último artículo. En él, cuenta todo lo que descubrió y cómo ha perdido tanto personalmente.

El artículo se publica y recibe mucha atención, pero no ayuda a encontrar a Marta.

Después, Luis recibe amenazas más serias.

—Es hora de irme de aquí —decide Luis, empacando sus cosas.

Ana viene a despedirse.

—Yo me quedo. Alguien tiene que seguir con esto —dice Ana, decidida.

En el aeropuerto, mientras Luis espera su vuelo, recibe un sobre anónimo. Dentro, hay fotos de Marta. Parece estar bien, pero no hay señales de dónde está.

El sobre también tiene una nota: "Algunas verdades son demasiado peligrosas."

Luis mira la nota y las fotos. Siente una mezcla de alivio y desesperación.

—Hice todo lo que pude —murmura.

Sube al avión. Mientras el avión despega, Luis mira por la ventana hacia la ciudad que deja atrás.

—¿Alguna vez sabré toda la verdad? —se pregunta, mientras el avión se eleva y las luces de la ciudad se desvanecen en la distancia.

- Aeropuerto - Airport
- Alivio - Relief
- Amenazas - Threats
- Artículo - Article
- Clausurado - Closed down, shut
- Despedirse - To say goodbye
- Despega - Takes off (from "despegar")
- Empacando - Packing (from "empacar")
- Eleva - Rises, lifts (from "elevar")
- Encontrar - To find
- Mesa - Table
- Murmura - Murmurs (from "murmurar")
- Personalmente - Personally
- Polvo - Dust
- Señales - Signs, clues
- Vuelta - Return
- Vuelo - Flight

Spanish Graded Readers

For more books and E-book options visit:

www.briansmith.de

www.ingramcontent.com/pod-product-compliance
Lightning Source LLC
Chambersburg PA
CBHW071339150726
47997CB00002B/788